侗族地区碑刻

三江卷

DONGZU DIQU
BEIKE

广西壮族自治区少数民族古籍保护研究中心
三江侗族自治县人民政府 编
主 编 梁 良
副主编 李先敏 吴克忠 熊春云 覃超军

GEP 广西教育出版社·南宁

图书在版编目（CIP）数据

侗族地区碑刻. 三江卷 / 广西壮族自治区少数民族古籍保护研究中心等编. -- 南宁 : 广西教育出版社, 2022.11（2023.1 重印）
ISBN 978-7-5435-9212-4

Ⅰ. ①侗… Ⅱ. ①广… Ⅲ. ①碑刻-汇编-三江侗族自治县 Ⅳ. ①K877.42

中国版本图书馆 CIP 数据核字(2022)第 193252 号

策划编辑：陈逸飞　熊奥奔
责任编辑：范　宁
助理编辑：黄　明
装帧设计：杨　阳
责任技编：蒋　媛

侗族地区碑刻・三江卷
DONGZU DIQU BEIKE SANJIANG JUAN

出 版 人：石立民
出版发行：广西教育出版社
地　　址：广西南宁市鲤湾路 8 号　邮政编码：530022
电　　话：0771-5865797
本社网址：http://www.gxeph.com
电子信箱：gxeph@vip.163.com
印　　刷：广西民族印刷包装集团有限公司
开　　本：889mm×1194mm　1/16
印　　张：13.25
字　　数：170 千字
版　　次：2022 年 11 月第 1 版
印　　次：2023 年 1 月第 2 次印刷
书　　号：ISBN 978-7-5435-9212-4
定　　价：368.00 元

《侗族地区碑刻·三江卷》编委会

《侗族地区碑刻·三江卷》编纂人员

主　　编：梁　良

副 主 编：李先敏　吴克忠　熊春云　覃超军

编纂成员：（按姓氏笔画顺序排列）

韦宏霖　朱旭普　刘曼琳　杨全忠　杨会光　吴启强　吴美莲

张　静　陶泉杏

《侗族地区碑刻·三江卷》搜集整理人员

碑刻拓印：梁　良　李先敏　覃超军

图片拍摄：梁　良

文字整理：梁　良　熊春云

统　　纂：韦如柱　梁　良

古宜镇二圣庙

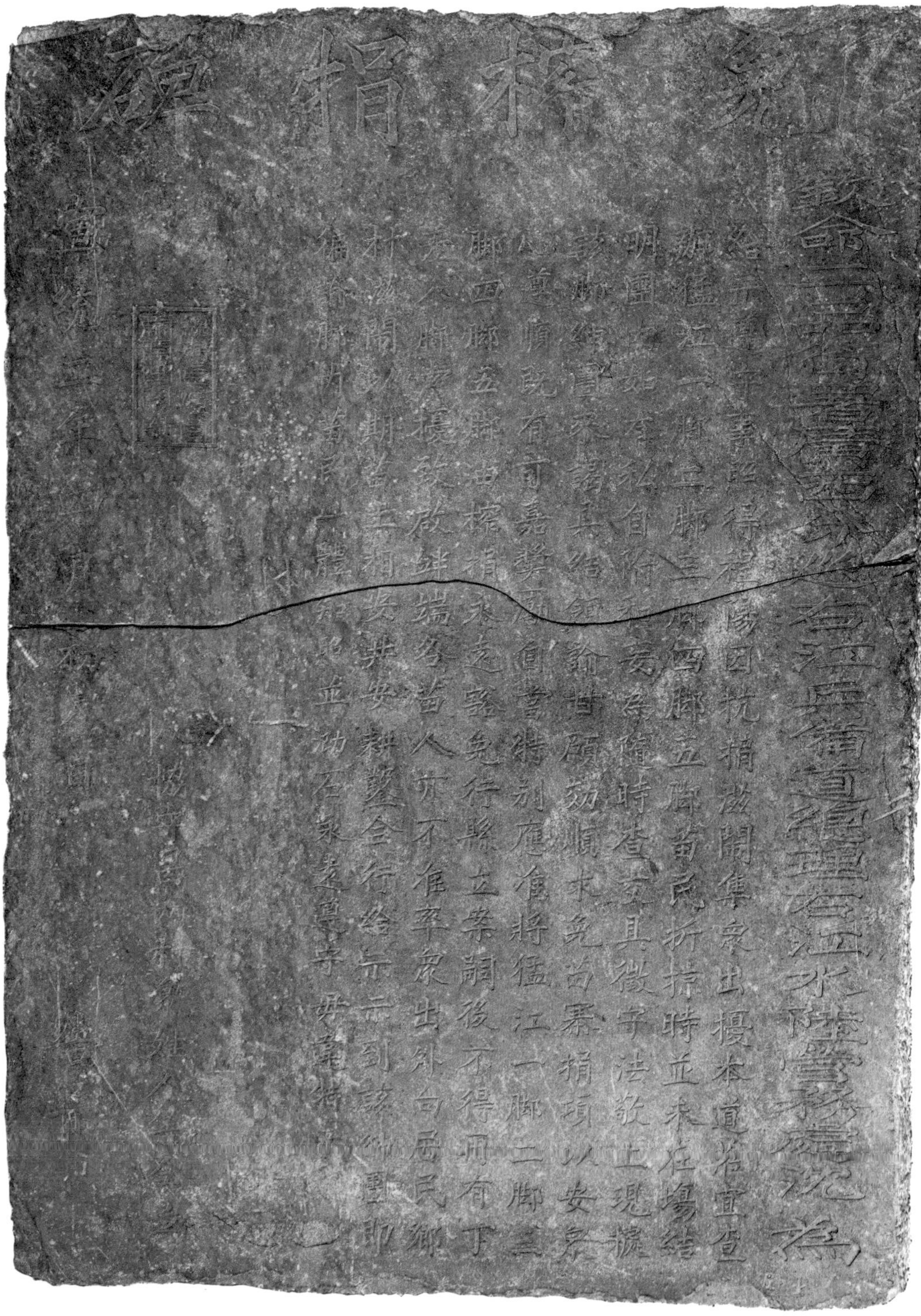

古宜镇《免榨捐碑》

丹洲镇丹洲书院

丹洲镇丹洲村天后宫

丹洲镇丹洲村《福建会馆碑记》

林溪镇程阳风雨桥

全国重点文物保护单位——马胖鼓楼

八江镇三团村飞山宫

八江镇三团村飞山宫内碑廊

独峒镇林略村花古（鼓）楼

独峒镇林略村正在举行“月也”活动

独峒镇岜团风雨桥

老堡乡塘库村盘鱼泠屯龙振家祠

良口乡和里村欧阳屯杨氏宗祠

良口乡南寨村谭氏宗祠

譚氏宗祠

良口乡南寨村寨贡屯井亭

良口乡南寨村谭氏宗祠《祠堂碑记》

富禄苗族乡纯德村《奉县禁革碑》

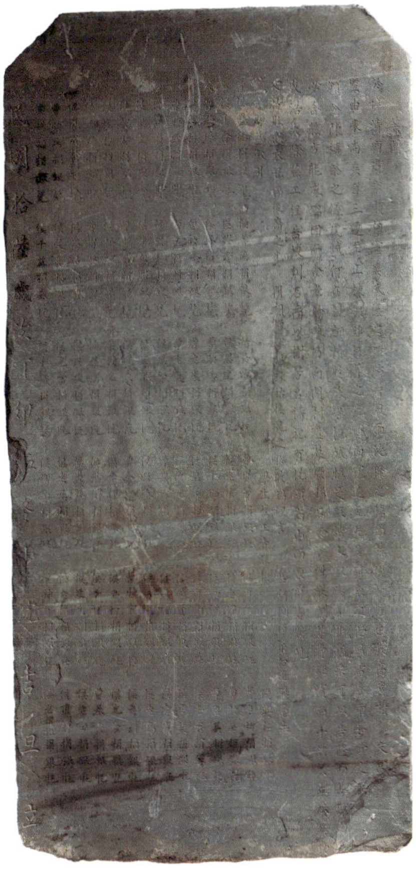

同乐苗族乡高武村文昌宫《侯恩德等捐修高武村文昌宫碑》

梅林乡“二月二”侗族大歌节（蒙超拍摄）

梅林乡车寨村
《严禁下乡查塘需索碑》

序言
流金石之功　传万世之德

陈震

三江侗族自治县位于广西北部，地处湘、黔、桂三省（区）交界处，东连桂林市龙胜各族自治县，西接贵州省从江县、黎平县，南邻融安县、融水苗族自治县，北靠湖南省通道侗族自治县、贵州省黎平县。下辖古宜、丹洲、斗江、林溪、八江、独峒 6 个镇，程村、和平、老堡、良口、洋溪、梅林 6 个乡，高基瑶族乡、富禄苗族乡、同乐苗族乡 3 个民族乡，共 170 个村（社区）。总面积 2454 平方千米，总人口 41.8 万人，其中侗族人口占总人口的 58%。三江是个多民族聚居的自治县，境内有侗、苗、瑶、壮、汉等民族，是广西唯一的侗族自治县，也是全国 5 个侗族自治县中侗族人口最多的一个县。

三江境内有 230 多座鼓楼、200 多座风雨桥和众多吊脚楼等侗族建筑，其中：三江鼓楼为目前世界最大的鼓楼；马胖鼓楼是全国仅有的三座国宝级鼓楼之一；岜团桥则是我国少有的建于清代的人畜分道风雨桥，是侗族最早的木构立交桥。三江的侗族大歌、木构建筑营造技艺、侗族琵琶歌、侗戏、多耶、侗族农民画等蜚声海内外。三江民风淳朴，风情浓郁，文化多样，生态优美，自然和人文资源极为丰富，旅游资源独具特色，是当代中国最美的旅游目的地之一。“中国侗族在三江”彰显了三江在我国侗族地区的声望。

由于历史的原因，侗族有自己的语言，却无文字，但这并不妨碍侗族历史的有序传承。除传统的官修志书外，侗族人民擅长的“讲款”“琵琶歌”“侗戏”“农民画”弥补了官方文献的不足；散布在侗乡各地的碑刻，则填补了“正史”和“野史”的某些缺失，充当了侗族历史特殊的记录者和见证人角色。

碑刻是中国传统文化的特殊载体，以石为纸，以刀为笔，鬼斧神工，将一段段、一桩桩、一件件历史事件凿于碑壁，立于天地之间，以不朽金身，向后世传递着古老的文化信息，彰显着独特的人文和美学价值，承担着文化“活化石”的功能。

虽然从理论上来说，“金石不朽”，但天灾人祸仍能对碑刻造成不可逆的损伤，如藏于柳侯祠的国家一级文物《荔子碑》，曾因军士断碑筑城而断成三截，差点就与世无缘。而拓片就是一种行之有效的抢救手段，中国历史上许多书法名帖及重要碑刻资料，就因有拓本的存在而获得了重生。

《侗族地区碑刻·三江卷》，收录了自明崇祯八年（1635 年）至民国时期 300 余年的碑刻拓片 130 余件。内容上有记事、颂赞、规劝、禁令，涵盖天文地理、历史文化、民风民俗、文学艺术、民间信仰、官方告示、公益事业、教育等领域；形式上，既有传统的碑碣，也有摩崖石刻；刻立主体上，既有官立，也有民订。主体内容以反映中国传统的向上向善、乐善好施、崇德尚学、忠勇坚毅、民本思想为主，表明三江各族人民自古以来就是一个与自然、社会和谐共处，顺天意、尊民愿、善创造、乐奉献、讲格局、擅团结的族群，他们心手相连，团结奋进，共同绘制了一幅各民族守望相助、共同发展的大美石榴图。

三江多山地丘陵，山高路滑，碑刻散布于县域各地，加之天气多变、湿度大，给拓印带来诸多不便。以梁良为首的拓印、编撰团队，凭着热爱与执着，从 2021 年 11 月启动此项工程，历时一年余，经历了许多常人难以承受的困苦和磨难，终将三江境内已知的碑刻悉数拓印完毕，即将迎来整理成果呱呱坠地的喜悦。

团队的精神和情怀感动了广西壮族自治区少数民族古籍保护研究中心和三江侗族自治县人民政府，遂决定联袂推出《侗族地区碑刻·三江卷》，作为庆祝三江侗族自治县成立70周年的献礼之作，让散落各地的碑刻以一种特殊的方式首次实现大团圆。

一方小石刻，万千大世界；一本碑刻集，读懂三江史。《侗族地区碑刻·三江卷》是全国第一部侗族地区的碑刻拓本集，其中收录的一些碑刻内容也是全国仅有的，它的文献价值、史料价值、人文价值等都是极具参考意义的。每一方碑刻，都是一段前人创造的独特文化记忆，而每一幅拓印作品，都是让固定的碑刻及其独特的文化记忆活起来的有效载体。习近平总书记强调："让收藏在博物馆里的文物、陈列在广阔大地上的遗产、书写在古籍里的文字都活起来。"散落在三江各地的碑刻正是陈列在三江大地上的文化遗产，本书将这些碑刻拓印并结集刊布于世，就是希望这些散落在广阔大地上的文化遗产"活起来"，让外界感受三江的历史文化和风土民情，让本地人记住乡愁，并使之成为增进中华民族文化认同，坚定文化自信，凝聚发展力量的有效手段，同时激励我们在新时代的征程中坚定前行的脚步，创造属于这个时代和我们这一代人的辉煌。

碑刻无语，拓印留痕；流金石之功，传万世之德，善莫大焉。

是为序。

（笔者为三江侗族自治县委副书记、县长）

前言
从石头、碑碣与传拓说起

梁良

有人说，不读款不识侗。

读懂侗款，才是认识侗族社会的正确方式。

这里的“款”，是指历史上被侗族视为本民族法规的“款”，而不是指在讲款、传款过程中派生出来的、作为文学品类之一的“款词”（即侗族表达乡规民约的朗诵词）。侗款的原始名称不叫“款”，而是叫“石头法”。

中华人民共和国成立之前，位于湘、黔、桂交界处的侗族地区远离政治中心，历代中央王朝鞭长莫及，侗族祖先就结款自治、联款自卫。款，是古代和近代侗族社会独有的民间自治和自卫组织，是前国家组织结构的一颗活化石。“款文化”是侗族传统文化的核心内容，是有别于其他兄弟民族传统文化最明显的标志。款碑是款文化的重要表现形式之一。

款碑侗语称 bial jinl，岩石之意。最初款碑只是无字无图案的石头，它象征款会议定的事像石头一样稳固，不能更改，永世长存。所以，召开款会又称为 laos bial laos jinl，进岩进石之意。不知多少年后，随着中原文化的传入，款碑逐步演化为刻有文字（汉字）的石碑，其上有经过议定的款规款约，也有和款相关的其他重要内容。

款碑是侗族祖先的石头崇拜观念的一种遗存。远古时期，人们不仅使用石头来打击飞禽走兽，还利用石头制造石斧、石锛等劳动工具。久而久之，人们便对石头产生了一种特殊的感情。随着灵魂观念的产生，人们又认为石头具有某种特殊的魔力，于是开始产生崇拜石头的观念。社会进一步发展后，人们对石头又有了许多新的认识，比如它不怕火烧、不怕水泡、不会腐烂，因为这些坚固持久的特性，人们用它来象征永恒的事物，于是出现了第一代款碑，即无文字款碑。在许多古款坪都发现了较多的没有文字的款碑。

汉字传入并逐渐普及后，人们感到大自然的石头并不能完美且准确地表达意愿，于是产生了用文字将意愿刻到石头上的念头。由此出现了第二代款碑，即有文字的款碑，所以也有人将侗族祖先石刻的款规款约称为“石头法”。

我国现存的款碑数量不少，已知最早刻有文字的款碑，是位于贵州省从江县增冲寨的《增冲款碑》，此碑刻立于清康熙十一年（1672年）七月初二。

时间回到2010年，当时笔者用大画幅相机和黑白胶片在侗族地区开展建筑摄影及民俗采风，在拍摄湖南省通道侗族自治县锅冲苗族乡的“兵书阁”时，发现建筑内部立有两通古碑，正在纠结是否重点拍摄的时候，一旁的同行建议道：“拓下来更好！”这一声，瞬间拨动了笔者的神经，之后一拓就是十余年。此为本书的缘起。

传拓艺术早于印刷术的发明。一般而言，传拓是把碑刻、青铜器等文物的文字、图案用墨汁拓印到宣纸上。拓片被公认为是抢救性保护文物的有效工具之一。拓片不仅仅是珍贵藏品，还记录着历史、哲学、法律、天文、地理等众多知识，是中华文化的重要载体。如今数字化技术日益发展并被广泛应用，这对拓片的保护、传播和使用大有助益，拓片流芳百世不再是一种奢望。

不念前因后果，只遵当时初心。对于摄影艺术工作者来说，拓片与黑白银盐影像有异曲同工之妙，是另外一种美学表达，也是对不同维度大摄影边界的无限可能性的探索。在碑文拓印“啪啪”的捶打声中，笔者仿佛置身于几百年前甚至更久远的过去，感受着鼓楼里、会馆中那熙熙攘攘的气氛。

本书收录三江侗族自治县境内现存的130通碑，最早的一通是崇祯八年（1635

年）的《怀远县斗江回龙庵题名碑记》，最晚的一通则是民国三十三年（1944 年）的《丹洲乡中心校经费来源志碑》。从目前的资料来看，三江自清代之后，碑刻逐渐增多，一来说明民风逐渐开化，二来说明各省各地的文化交流日益频繁，商品贸易逐渐繁荣。有道是“碑上存史，碑可证史”，然而世事变迁，沧海桑田，地面上的古碑稀见，地下的古碑更是难寻。独峒镇高宇屯的老人曾言，印象中他们村子是有几块古碑，可能在鼓楼拆旧建新时，被用于奠基埋进了地底下。

历史上侗族没有自己的文字，能够被记录和传承下来的历史，除了存在于口耳相传的歌谣、颂词中，恐怕只在为数不多、散落乡野的碑刻中了。从某种程度上讲，三江侗族碑刻文化，也只是“碎片化”的文化，若想得观全貌，须与其他文化现象及实物相互佐证——这是必须承认的客观事实。

大多数历史学家认为侗族是古代越人的后裔。先秦时期，主要分布于今广西一带的越人被称为“西瓯”或“骆越”。《逸周书・王会解》有“区阳以鳖封”的记载。古时“区”与“瓯”通，《说文解字》载：“区，崎区，藏匿也。从品，在匸中。品，众也。”《左传・昭公七年》有“作仆区之法”的记载。唐孔颖达疏引服虔云：“仆，隐也；区，匿也。为隐匿亡人之法也。”《荀子・大略篇》载：“言之信者，在乎区盖之间。”所谓“区盖之间”，就是指藏匿物品的地方。由此可知，无论是“区阳”还是“西瓯”，都具有“隐匿”或“藏匿”的意思。侗族至今仍自称为 gaeml。gaeml 在侗语里就是“隐匿”“藏匿”或“掩蔽”的意思。如 gaeml bal，即把许多树枝放进鱼塘里，使鱼有藏隐之处；gaeml kuenp，即用树枝、荆棘等将道路挡起来，防止人畜通行，使庄稼不遭破坏；gaeml xaih，即用树枝、荆棘或石头将村寨周围封闭起来，不许生人随便进入，以维护村民们的安全。部分地区的侗族自称为 jaeml，也有“隐匿”“藏匿”之意。

以上证据，似乎表明侗族祖先并不推崇“显学”，而更倾向于把“隐匿”做到极致，这其中可能包括且不限于对本民族文字的“隐匿”。因此，我们有理由说，解读侗族历史和文化，任重而道远。而碑碣，是探索的小径之一。胡适先生说得好：“大胆假设，小心求证。”我们提出问题，并非立马就能一一解决，而是希望给后来者提供一种思路，全当抛砖引玉吧。

一方碑碣，内容不多，却是一段历史、一地风情最有力的物证。2022 年“文化和自然遗产日”的主题是“文物保护：时代共进、人民共享”，这一主题表达了人们让文物活起来，让被保护的文化遗产更多地惠及大众的美好愿景。

《周易・益卦・彖传》有言：“凡益之道，与时偕行。”这正是我们编纂本书的宗旨。

凡　例

一、本书收录的范围为1949年以前（含1949年）刻立、现存于柳州市三江侗族自治县境内的摩崖石刻、碑碣等，酌情收录少量古旧建筑的门联、匾额、榜书等。

二、本书收录的碑刻主要以拓片形式展现，并著录碑刻刻立时间、撰刻者、规格、存藏地点及保存现状等。

三、本书碑刻有碑题的采用原碑题，无碑题的编者根据其内容主旨自拟碑题。

四、因项目实施时间有限，本书收录的碑刻暂未涉及和平乡、洋溪乡和高基瑶族乡。

五、全书按照乡镇分类编排；同个乡镇的碑刻，以刻立时间先后为序（一通碑刻两面有字的，两面拓片排在一起，不因刻立时间不同而穿插排列）；无年款者，参考撰刻者或碑文中人物、事件、建筑所处年代进行编排；刻立时间不详且缺乏时间参考信息者，按分布地点归类后依次排在后面。

六、为便于读者快速检索，碑刻分布表按上述原则进行编排。

七、对碑文涉及的重要人物或古旧建筑，在考证的前提下做简短的文字说明。

目　录

二聖廟
神靈佑我
天佑行善勤劳孝道功在千秋

古宜镇

位于古宜镇的二圣庙

奉谕示禁碑

清道光二十七年（1847 年）刻立。碑在三江侗族自治县博物馆。碑额为“永垂不朽”，碑名为编者根据碑文内容所加。碑高 137 厘米，宽 70 厘米。一面有字，楷书。碑已自然风化，字迹有磨损。

遵宪示永定粮额碑

清光绪十八年（1892 年）刻立。碑在三江侗族自治县博物馆。碑高 156 厘米，宽 104 厘米。一面有字，楷书。碑已残损。

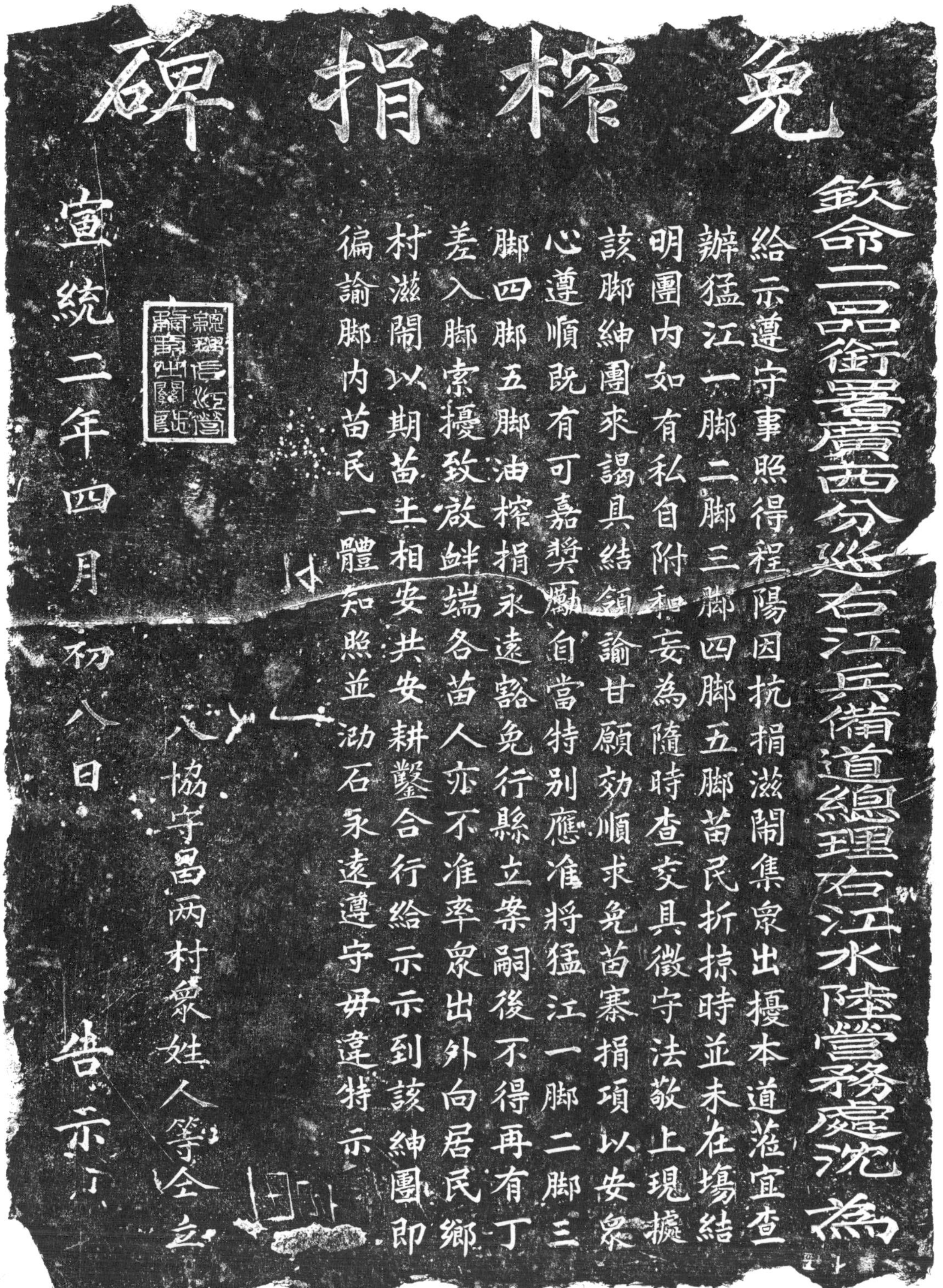

免榨捐碑

清宣统二年（1910 年），由八协、守昌两村村民同立。碑原在独峒镇八协村鼓楼旁，2022 年移至三江侗族自治县博物馆。碑高 107.5 厘米，宽 76.5 厘米。一面有字，楷书。碑已断为两截。

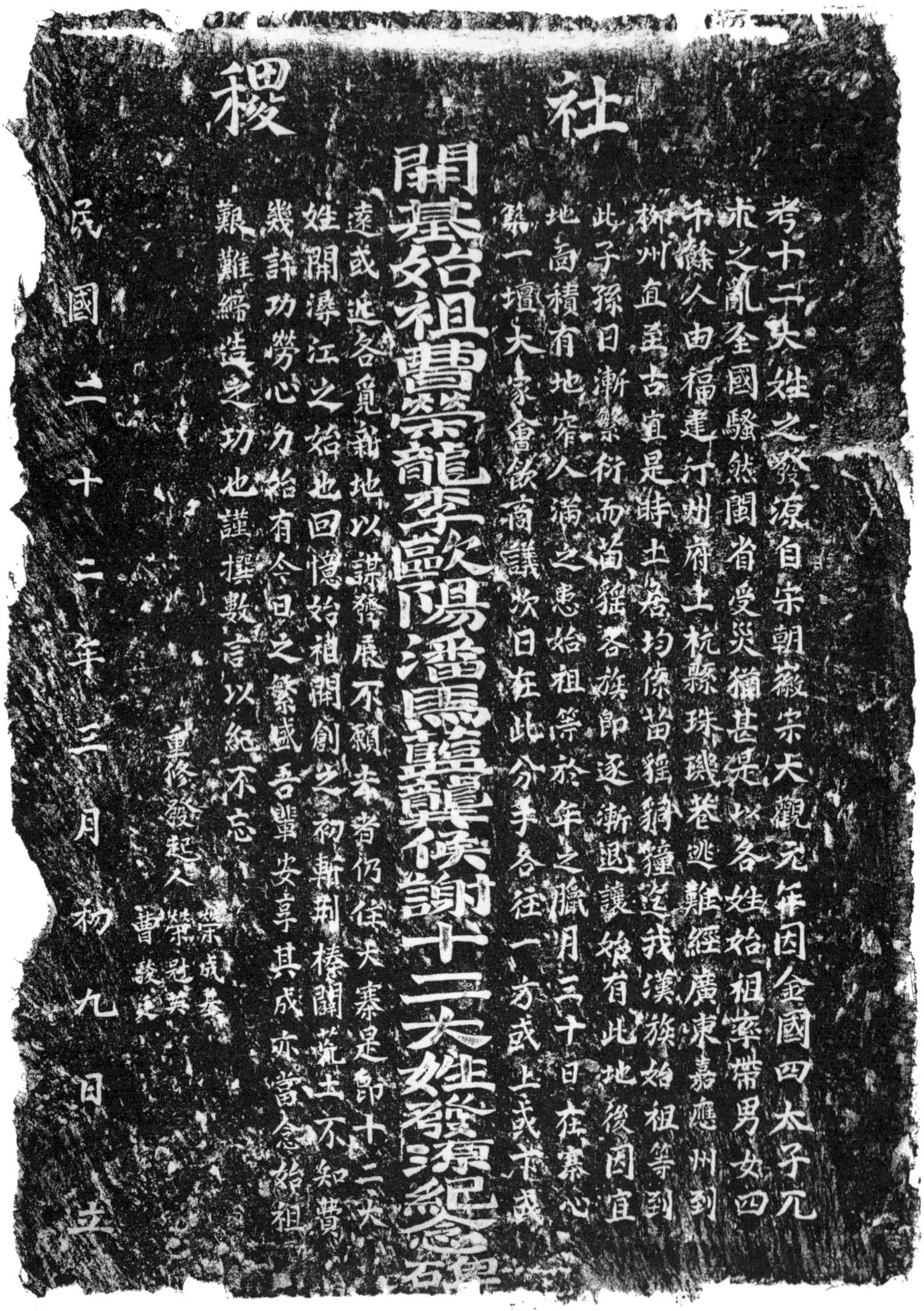

十二大姓发源纪念碑

民国二十二年（1933 年）刻立。碑在古宜镇大竹村大寨屯曹氏宗祠内。记载曹、荣、龙、李、欧、阳、潘、马、蓝、龚、侯、谢十二大姓因躲避战乱，从福建汀州府上杭县珠玑巷经广东嘉应州、柳州，迁移至古宜的历史。碑高 125 厘米，宽 59 厘米，厚 6 厘米。一面有字，楷书。碑保存较完好。

编者注：碑中所列四个少数民族名称，苗今仍称苗，其余三个今已称瑶、侗、壮。本书其他碑中所出类似案例同注。

重修二圣侯王庙碑

无年款，根据碑文中“我朝雍正年间”及所述咸丰、同治年间事件推断，此碑刻于清同治年间或之后。碑在古宜镇大竹村大寨屯曹氏宗祠内。碑高196厘米，宽90厘米，厚6厘米。-面有字，楷书。碑仅余两截，已自然风化，部分文字无法辨识。

根据碑文记载，二圣侯王庙始建于明正德年间（1506—1521年），清同治六年（1867年，丁卯年）被毁，后由乡人捐资重建。

碑文中所提曹应元，据民国《三江县志》卷八《人物·列传》记载：“字腾宇，古宜乡大寨村人，廪生。明末，流寇李来亨、高必正、马尽忠、郝永忠、杨国栋、庐鼎辈纷窜县境，到处蹂躏。应元独散资产，聚集乡勇，分头截杀，保存一县之民。永历帝以其有功于地方，封官授以将军印。清顺治八年，缴印，休致，寿九十二岁而终。”同书卷三《政治·封赠》、卷八《人物·乡贤》均有记。

治定门
Zhi Ding Gate

丹洲镇

丹洲北门城楼

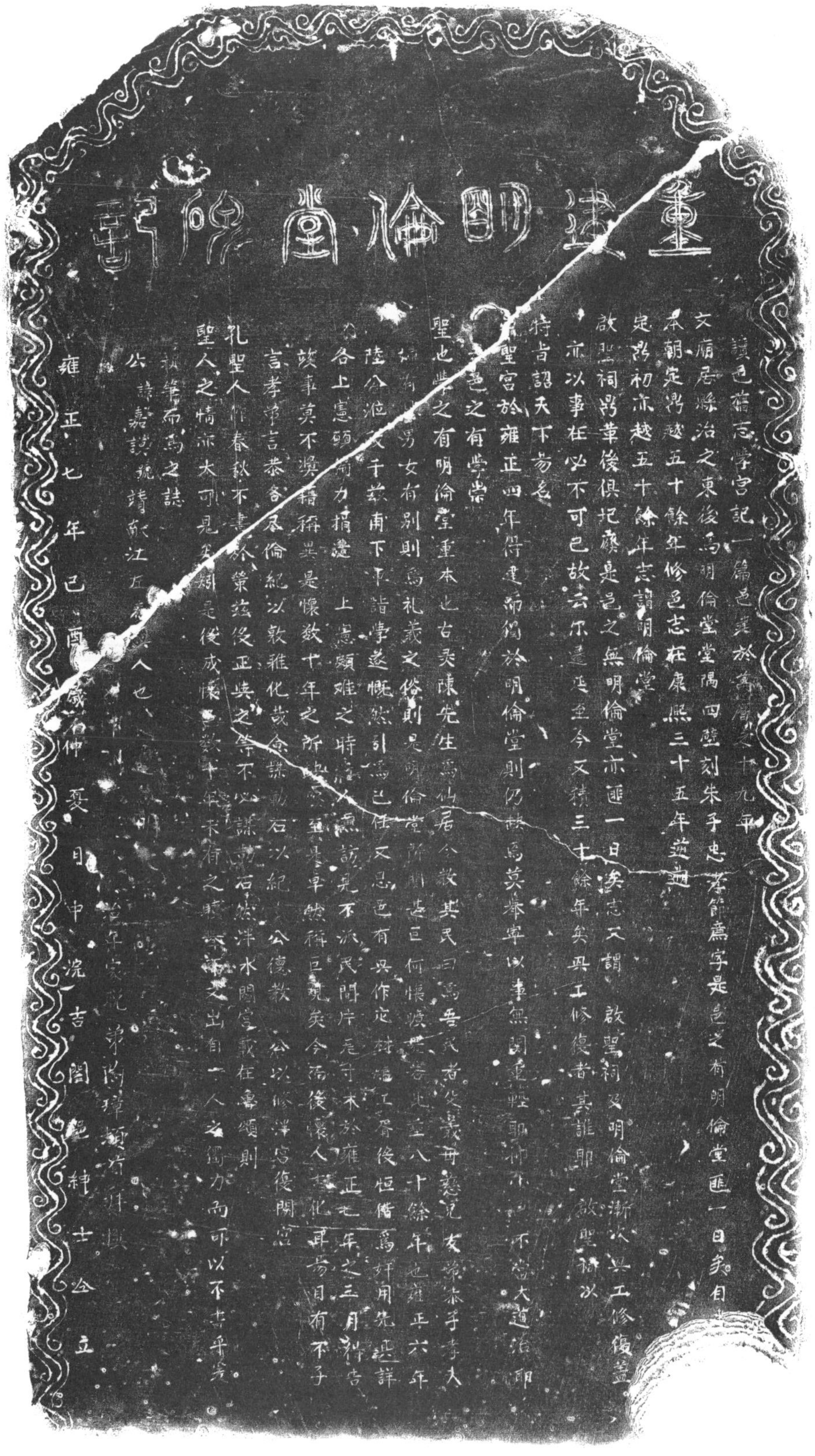

重建明伦堂碑记

清雍正七年（1729年）刻立，陶璋撰文。碑在丹洲镇丹洲村北门碑廊。碑高171厘米、宽92厘米。一面有字，楷书。碑已残损。

书院碑记

清道光三年（1823 年），由楚南宝庆府石匠刘润身、曹首魁刊。碑在丹洲镇丹洲书院内。碑高 154 厘米、宽 82 厘米。一面有字，楷书。碑已自然风化，字迹漫漶不清。

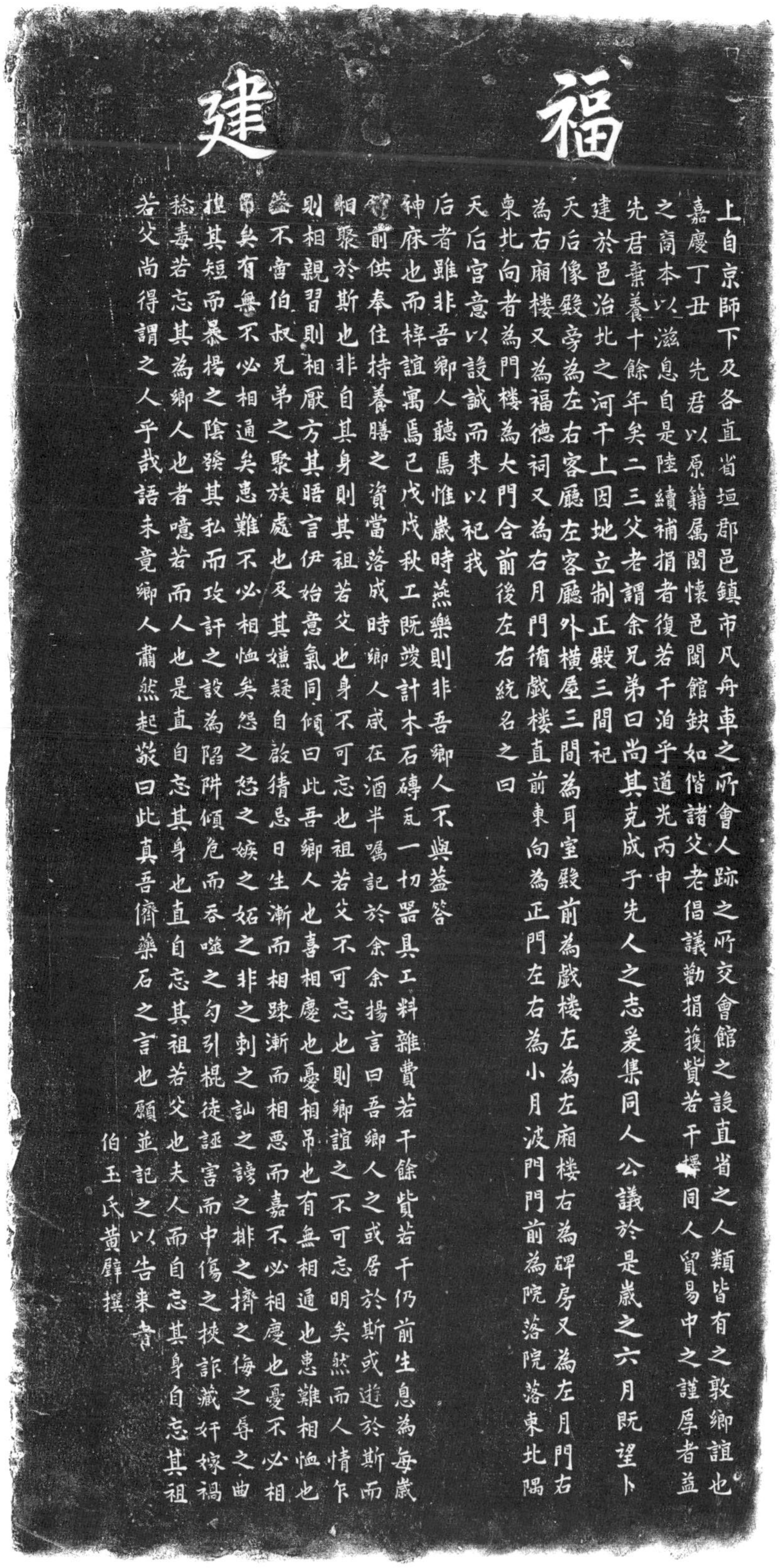
福建

上自京師下及各直省垣郡邑鎮市凡舟車之所會人跡之所交會館之設直省之人類皆有之敦鄉誼也
嘉慶丁丑 先君以原籍屬閩懐邑閩館缺如偕諸父老倡議勸捐獲貲若干擇同人貿易中之謹厚者益
之商本以滋息自是陸續補捐者復若干洎乎道光丙申
先君棄養十餘年矣二三父老謂余兄弟曰尚其克成予先人之志爰集同人公議於是歲之六月既望卜
建於邑治北之河干上因地立制正殿三間祀
天后像殿旁為左右客廳左客廳外横屋三間為耳室殿前為戲楼左為左廂楼右為碑房又為左月門右
為右廂楼又為福德祠又為右月門循戲楼直前東向為正門左右為小月波門門前為院落院落東北隅
東北向者為門楼為大門合前後左右統名之曰
天后宫意以設誠而来以祀我
后者雖非吾鄉人聽焉惟歲時燕樂則非吾鄉人不與蓋咨
神庥也而梓誼寓焉已戊戌秋工既竣計木石磚瓦一切器具工料雜費若干餘貲若干仍前生息為每歲
神前供奉住持養贍之資當落成時鄉人咸在酒半囑記於余余揚言曰吾鄉人之或居於斯或遊於斯而
相聚於斯也非自其身則其祖若父也身不可忘也祖若父不可忘也則鄉誼之不可忘明矣然而人情乍
則相親習則相厭方其晤言伊始意氣同傾曰此吾鄉人也喜相慶也憂相吊也有無相通也患難相恤也
益不啻伯叔兄弟之聚族處也及其嫌疑自啟猜忌日生漸而相疎漸而相惡而喜不必相慶也憂不必相
吊矣有無不必相通矣患難不必相恤矣怨之怒之嫉之妬之非之刺之訕之謗之排之擠之侮之辱之曲
揑其短而暴揚之陰發其私而攻訐之設為陷阱傾危而吞噬之勾引棍徒誣害而中傷之枝詐藏奸嫁禍
捻毒若忘其為鄉人也者噫若而人也是直自忘其身也直自忘其祖若父也夫人而自忘其身自忘其祖
若父尚得謂之人乎哉語未竟鄉人肅然起敬曰此真吾儕藥石之言也願並記之以告來者
伯玉氏黄辟撰

福建会馆碑记

清道光二十一年（1841年）刻立，黄璧撰文。碑在丹洲镇丹洲村。共三通。序碑高172厘米、宽84厘米；一面有字，楷书；保存完好。两通捐资芳名碑均高172厘米，宽91厘米；一面有字，楷书；已残损。

會館

嘉慶二十二年三月
黃芳文捐錢叁拾千文
陳正捐錢叁拾千文
莊朗捐錢壹拾千文
黃芳雄捐錢壹拾千文
陳斐捐錢陸千文
葉澄捐錢伍千文
謝南捐錢伍千文
黃謁捐錢伍千文
黃生捐錢伍千文
林濫捐錢肆千文
郭偉捐錢肆千文
陳登英捐錢叁千文
莊顯捐錢叁千文
薛恩捐錢叁千文
沈新軒捐錢弍千文
黃玉名捐錢弍千文
劉佛治捐錢弍千文
薛志捐錢弍千文
黃玉高捐錢弍千文
林伍捐錢弍千文
莊察捐錢弍千文
（融懷管）總司黃玉勳捐錢弍千文
林茂捐錢壹千文
黃神捐錢壹千文

道光二年辛巳
黃玉華捐錢壹千文
二年壬午
陳先猷捐錢叁千文
林游捐錢弍千文
黃芳傑捐錢弍千文
沈新軒加捐錢弍千文
謝南加捐錢弍千文
八年戊子
藍振捐錢叁千文
黃振芹捐錢弍千文
黃振旺捐錢弍千文
陳光玉捐錢壹千文
林有捐錢壹千文
黃紅捐錢壹千文
十二年壬辰
劉佛治加捐錢壹拾千文
林茂加捐錢壹千文
十六年丙申
福隆店捐銅鑼二面、鑼鼓一副
沈新軒加捐杉木一根
黃振言捐杉木一根
十七年丁酉
劉福捐錢肆千文
羅福興捐錢弍千文

黃玉福捐錢弍千文
黃振揚捐錢弍千文
黃賓捐錢壹千文
黃玉榮捐錢壹千文
十八年戊戌
（上杭）何卓捐錢壹拾千文
江寓龍捐錢叁千文
林茂隆捐錢弍千文
二十年庚子
福豐店捐錢弍拾千文
黃振芹加捐錢陸千文
（上杭）鄧超群捐錢伍千文
十八年葛亮
（永定）魏彩榮捐銀壹拾貳兩正
（永定）閩維禎捐銀伍兩正
（永定）賴朝龍捐銀伍兩正
（永定）賴朝興捐銀叁兩正
（永定）賴雍琳捐銀叁兩正
（永定）賴鳳章捐銀叁兩正
（永定）賴德昌捐銀叁兩正
（永定）賴茂村捐銀叁兩正
（永定）陳慶詒捐銀叁兩正
（永定）賴德和捐銀弍兩正
十八年柳州府
（南靖）柯元峻捐銀弍拾兩正

十八年柳州府
（平和）黃抽捐銀壹拾兩正
（南靖）黃昌元捐銀捌兩正
（南靖）黃應魁捐銀陸兩正
（南靖）柯元秀捐銀陸兩正
（南靖）柯宜彩捐銀伍兩正
（漳浦）陳流水捐銀伍兩正
（南靖）柯長章捐銀伍兩正
（南靖）許亮捐銀伍兩正
（龍溪）李遇春捐銀伍兩正
（漳浦）湯吉祥捐銀肆兩正
（晉江）旋贊熙捐銀肆兩正
（南靖）柯元華捐銀肆兩正
（南靖）柯攏棠捐銀肆兩正
（南靖）傅修己堂捐錢肆千文
（南靖）黃俊和捐銀弍兩正
（南靖）陳文興捐銀弍兩正
（南靖）黃亨淡捐銀弍兩正
（平和）詹聚昌捐銀弍兩正
（南靖）劉禮詞捐銀弍兩正
（平和）林啟坎捐銀弍兩正
（南靖）曾維來捐銀弍兩正
（南靖）黃亨海捐銀弍兩正
（南靖）陳文舉捐銀弍兩正
（南靖）曾錫崇捐銀弍兩正

（漳浦）王國泰捐銀弍兩正
（龍溪）李茂昌捐銀弍兩正
（南靖）沈正明捐銀弍兩正
（上杭）范洪昌捐銀壹兩正
（上杭）包洪昌捐銀捌錢正
（龍岩）謝福元捐銀柒錢正
（龍岩）謝正謨捐銀柒錢正
二十一年辛丑
（上杭融懷管）總司郎呈祥捐一拾千文
溫我連捐錢伍千文
黃振揚加捐錢肆千文
黃春林捐錢叁千文
陳書麟捐錢弍千文
賴□棣捐錢弍千文
（上杭）郎呈林捐錢壹千文

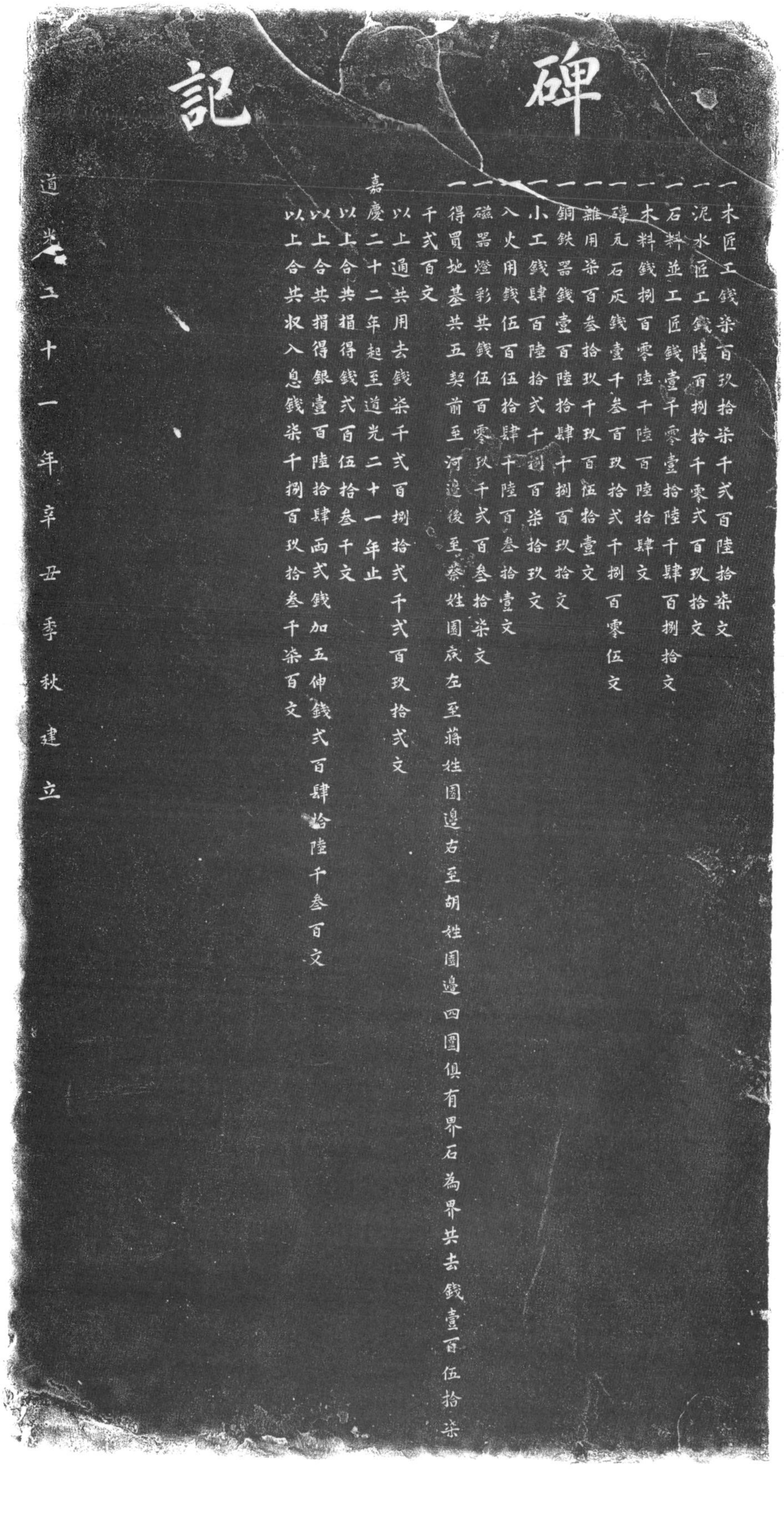
碑記
一木匠工錢柒百玖拾柒千弍百陸拾柒文
一泥水匠工錢陸百捌拾千零弍百玖拾文
一石料並工匠錢壹千零壹拾陸千肆百捌拾文
一木料錢捌百零陸千陸百陸拾肆文
一磚瓦石灰錢壹千叁百玖拾弍千捌百零伍文
一雜用柒百叁拾玖千玖百伍拾壹文
一銅鉄器錢壹百陸拾肆千捌百玖拾文
一小工錢肆百陸拾弍千捌百柒拾玖文
一入火用錢伍百伍拾肆千陸百叁拾壹文
一磁器燈彩共錢伍百零玖千弍百叁拾柒文
一得買地基共五契前至河邊後至蔡姓園厎左至蔣姓園邊右至胡姓園邊四圍俱有界石為界共去錢壹百伍拾柒
千弍百文
以上通共用去錢柒千弍百捌拾弍千弍百玖拾弍文
嘉慶二十二年起至道光二十一年止
以上合共捐得錢弍百伍拾叁千文
以上合共捐得銀壹百陸拾肆兩弍錢加五伸錢弍百肆拾陸千叁百文
以上合共收入息錢柒千捌百玖拾叁千柒百文
道光二十一年辛丑季秋建立

怀远县总图、怀远县城图碑

清道光二十六年（1846 年），由田珩刊刻。本碑与《补修怀邑城厢道路碑》并列，嵌于丹洲镇丹洲村东城门墙面，为同时刊刻。碑高 134 厘米，宽 87 厘米。一面有字，有行书、楷书。碑已残损。

补修怀邑城厢道路碑

清道光二十六年（1846年）刻立，张□撰文、阮玟书丹。碑在丹洲镇丹洲村东城门城墙。碑高134厘米，宽84厘米。一面有字，楷书。碑面自然风化，部分字迹漫漶不清。

廖声高等重修圣庙碑

清道光二十七年（1847 年）刻立。碑在丹洲镇丹洲村北门碑廊。碑名为编者根据碑文内容所加。碑高 196 厘米，宽 95 厘米。一面有字，楷书。碑局部缺损。

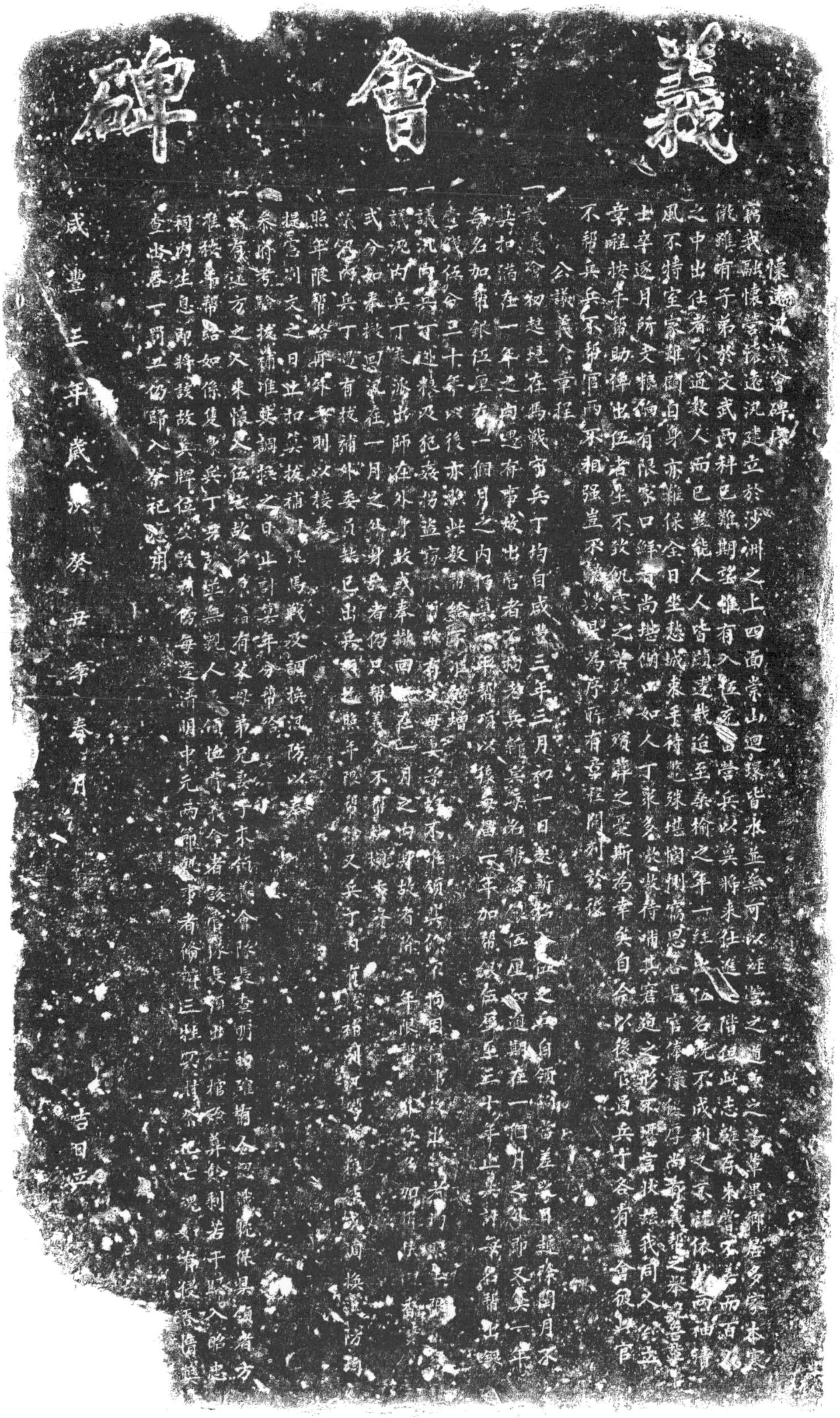

义会碑

清咸丰三年（1853 年）刻立。碑在丹洲镇丹洲村北门碑廊。碑高 142 厘米，宽 82 厘米。一面有字，楷书。碑已残损并自然风化，部分字迹漫漶不清。

杨维基等捐资芳名碑

清同治十一年（1872 年）刻立。碑在丹洲镇丹洲村北门碑廊。碑名为编者根据碑文内容所加。碑高 157 厘米，宽 77 厘米。一面有字，楷书。碑已残损。

郑先谟等捐修□□祠碑记

清光绪三年（1877年）刻立。碑在丹洲镇丹洲村北门碑廊。碑额仅余“祠碑记”，碑名为编者根据碑文内容所加。碑高123厘米，宽61厘米。一面有字，楷书。碑已残损。

告示碑

清光绪四年（1878 年）刻立。碑在丹洲镇丹洲村北门碑廊。碑高 202 厘米，宽 101 厘米。一面有字，楷书。碑保存较完好，部分字迹漫漶不清。

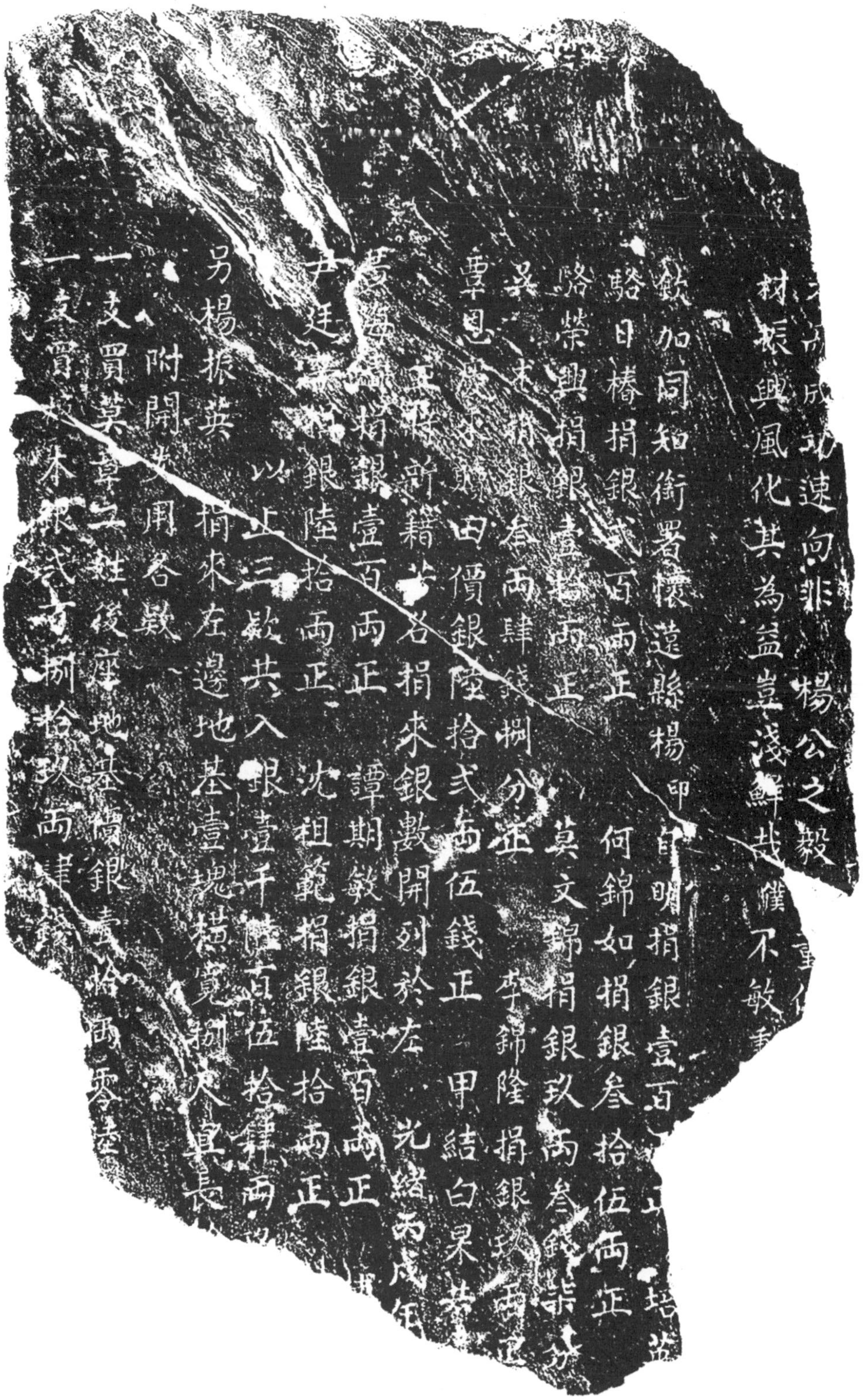

杨自明等捐资芳名碑

清光绪十二年（1886年）刻立。碑在丹洲镇丹洲书院内。碑名为编者根据碑文内容所加。碑残高80厘米，宽50厘米。一面有字，楷书。碑已残损。

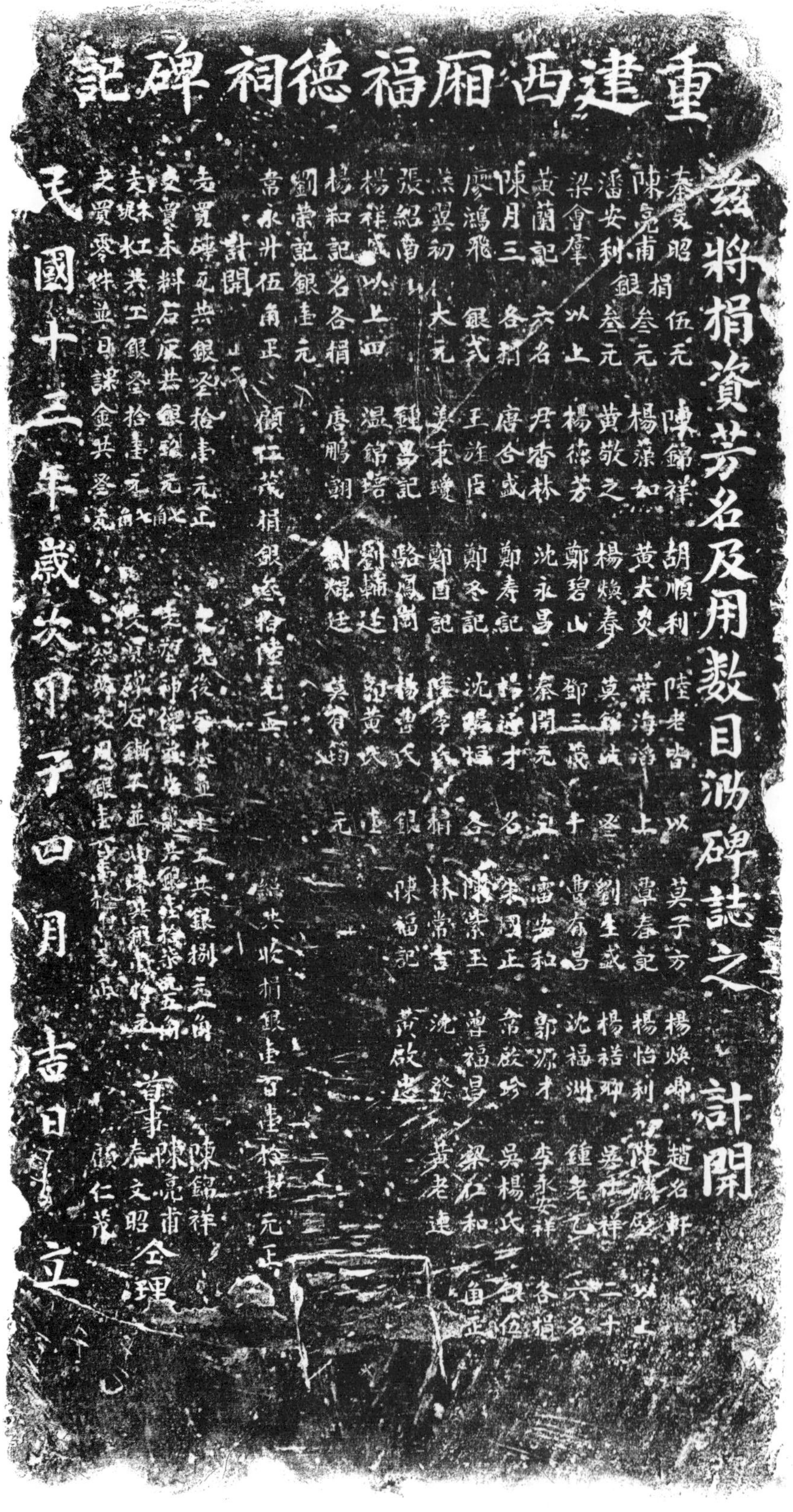

重建西厢福德祠碑记

民国十三年（1924 年）刻立。碑在丹洲镇丹洲村北门碑廊。碑高 125 厘米，宽 65 厘米。一面有字，楷书。碑已残损。

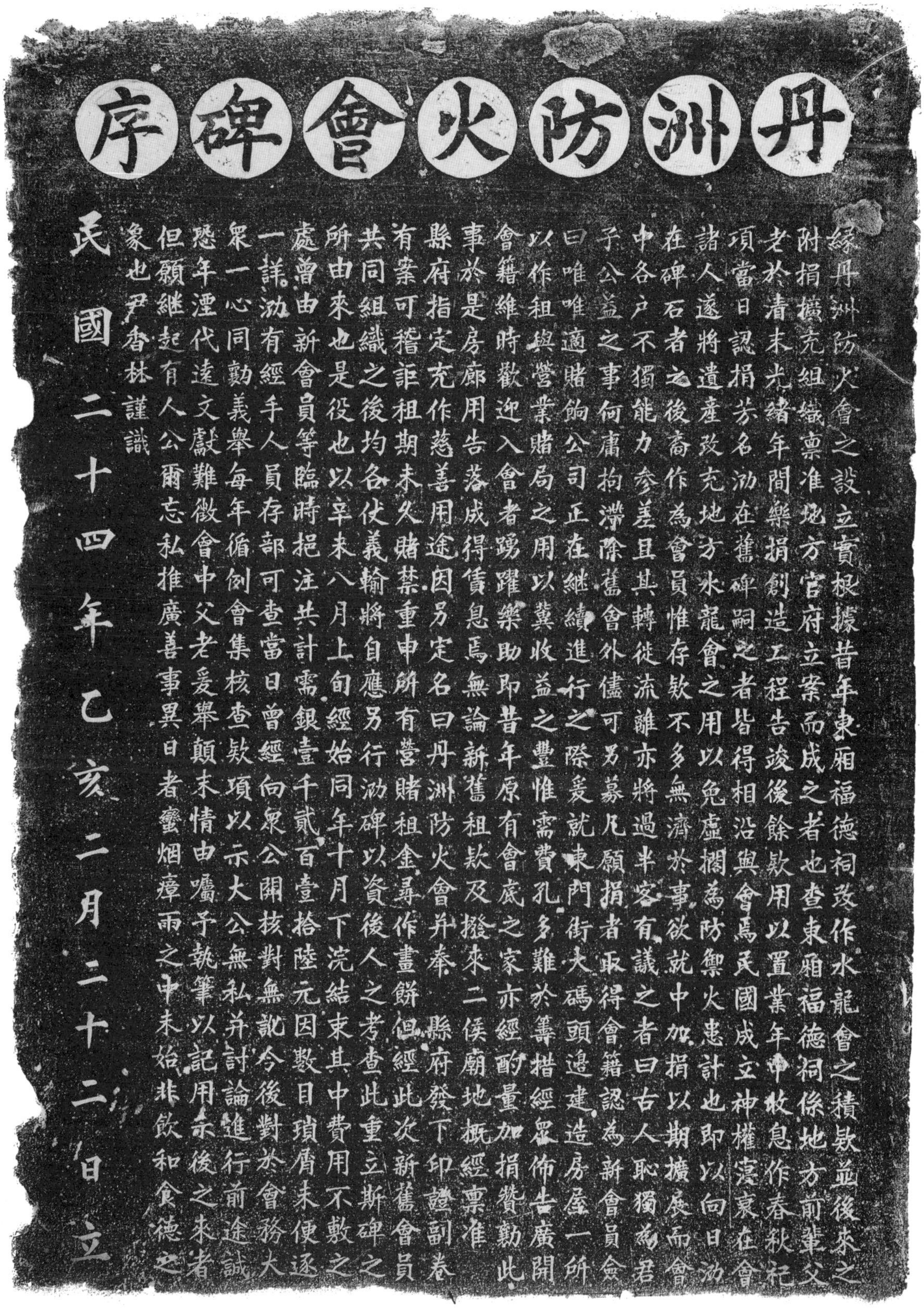

丹洲防火會碑序

緣丹洲防火會之設立，實根據昔年東厢福德祠改作水龍會之積款並後來之附捐擴充組織，禀准地方官府立案而成之者也。查東厢福德祠係地方前輩父老於清末光緒年間樂捐創造，工程告竣後餘款用以置業，年中收息作春秋祀項。當日認捐芳名泐在舊碑，嗣之者皆得相沿與會。爲民國成立，神權寖衰，在會諸人遂將遺產移充地方水龍會之用，以免虛擱，爲防禦火患計也。即以向日泐在碑石者之後裔作爲會員，惟存款不多，無濟於事，欲就中加捐以期擴展，而會中各户不獨能力參差，且其轉徙流離亦將過半。客有議之者曰：古人恥獨爲君子，公益之事何庸拘滯，除舊會外儘可另募，凡願捐者取得會籍，認爲新會員。僉曰唯唯。適賭餉公司正在繼續進行之際，爰就東門街大碼頭邊建造房屋一所，以作租與營業賭局之用，以冀收益之豐。惟需費孔多，難於籌措，經衆佈告，廣開會籍。維時歡迎入會者踴躍樂助，即昔年原有會底之家亦經酌量加捐，贊勷此事。於是房廊用告落成，得賃息焉。無論新舊租款及撥來二僕廟地，概經禀准縣府指定充作慈善用途，因另定名曰丹洲防火會，并奉 縣府發下印證副卷，有案可稽。詎租期未久，賭禁重申，所有營賭租金尋作畫餅。但經此次新舊會員共同組織之後，均各仗義輸將，自應另行泐碑以資後人之考查，此重立斯碑之所由來也。是役也，以辛未八月上旬經始，同年十月下浣結束，其中費用不敷之處，曾由新會員等臨時挹注，共計需銀壹千貳百壹拾陸元。因數目瑣屑，未便逐一詳泐，有經手人員存部可查，當日曾經向衆公開核對無訛。今後對於會務，大衆一心，同勤義舉，每年循例會集，核查款項，以示大公無私，并討論進行前途。誠恐年湮代遠，文獻難徵，會中父老爰舉顛末情由，囑予執筆以記，用示後之來者。但願繼起有人，公爾忘私，推廣善事，異日者蠻烟瘴雨之中，未始非飲和食德之象也。尹香林謹識

民國二十四年乙亥二月二十二日立

丹洲防火会碑序

民国二十四年（1935 年）刻立。碑在丹洲镇丹洲村北门碑廊。碑高 116 厘米，宽 80 厘米。一面有字，楷书。碑保存较完好。

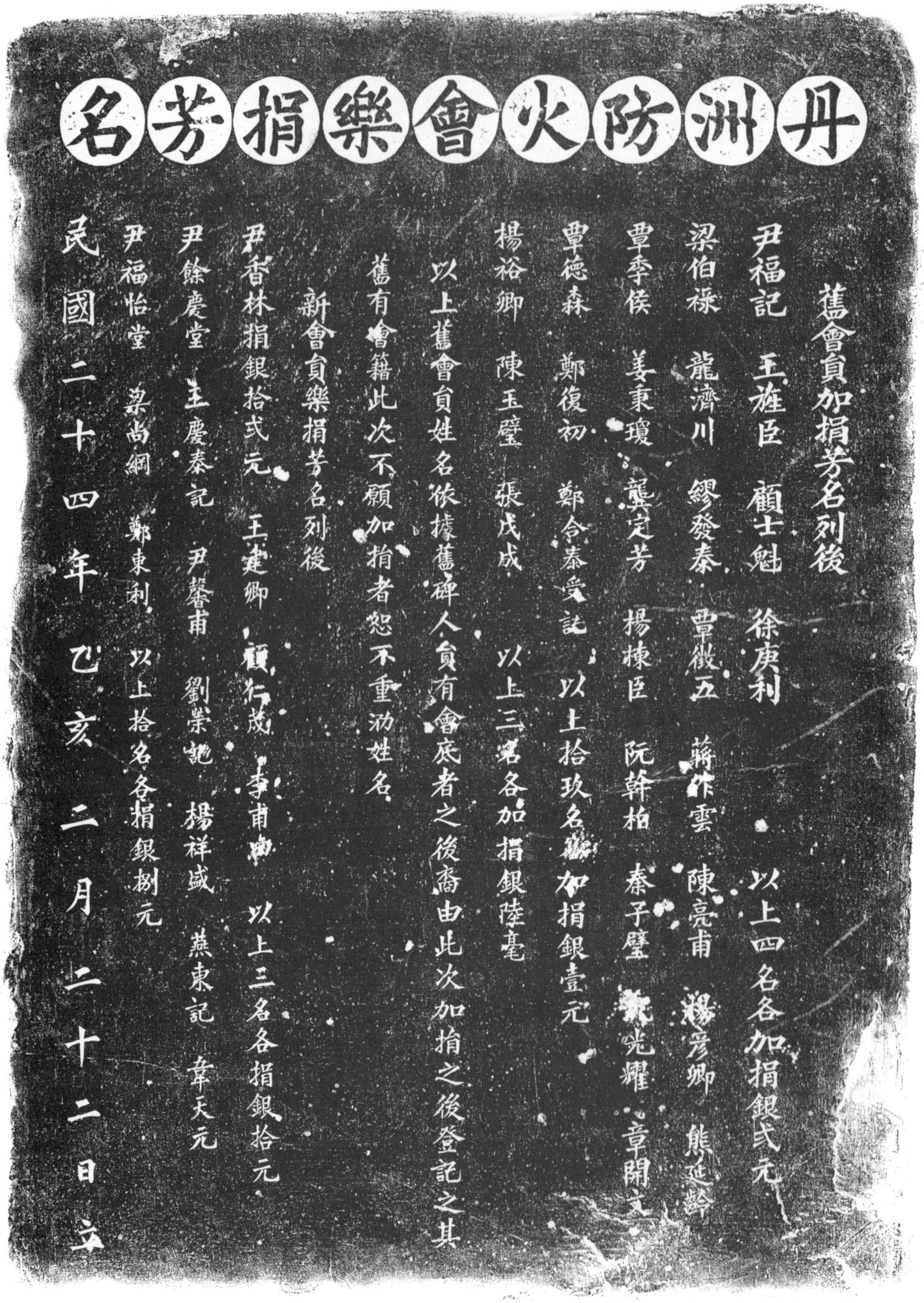
丹洲防火會樂捐芳名
舊會員加捐芳名列後
尹福記　王旌臣　顧士魁　徐庚利　以上四名各加捐銀弍元
梁伯祿　龍濟川　繆發泰　覃徵五　蔣作雲　陳亮甫　楊彥卿　熊延齡
覃季侯　姜秉瓊　龔定芳　楊棟臣　阮幹柏　秦子璧　[illegible]光耀　章開文
覃德森　鄭復初　鄭令泰受誌　以上拾玖名各加捐銀壹元
楊裕卿　陳玉璧　張戊戌　以上三名各加捐銀陸毫
以上舊會員姓名依據舊碑人員有會底者之後裔由此次加捐之後登記之其
舊有會籍此次不願加捐者恕不重泐姓名
新會員樂捐芳名列後
尹香林捐銀拾弍元　王建卿　顧行歲　李甫　以上三名各捐銀拾元
尹餘慶堂　王慶泰記　尹馨甫　劉榮艷　楊祥盛　燕東記　韋天元
尹福怡堂　梁尚綱　鄭東利　以上拾名各捐銀捌元
民國二十四年乙亥二月二十二日立

丹洲防火会乐捐芳名碑

民国二十四年（1935年）刻立。碑在丹洲镇丹洲村北门碑廊。碑高119厘米，宽83厘米。一面有字，楷书。碑保存较完好。

不负师恩碑

民国二十五年（1936 年）刻立。碑在丹洲镇丹洲书院内。碑残高 75 厘米，宽 27 厘米，厚 5 厘米。一面有字，楷书。碑已残损。

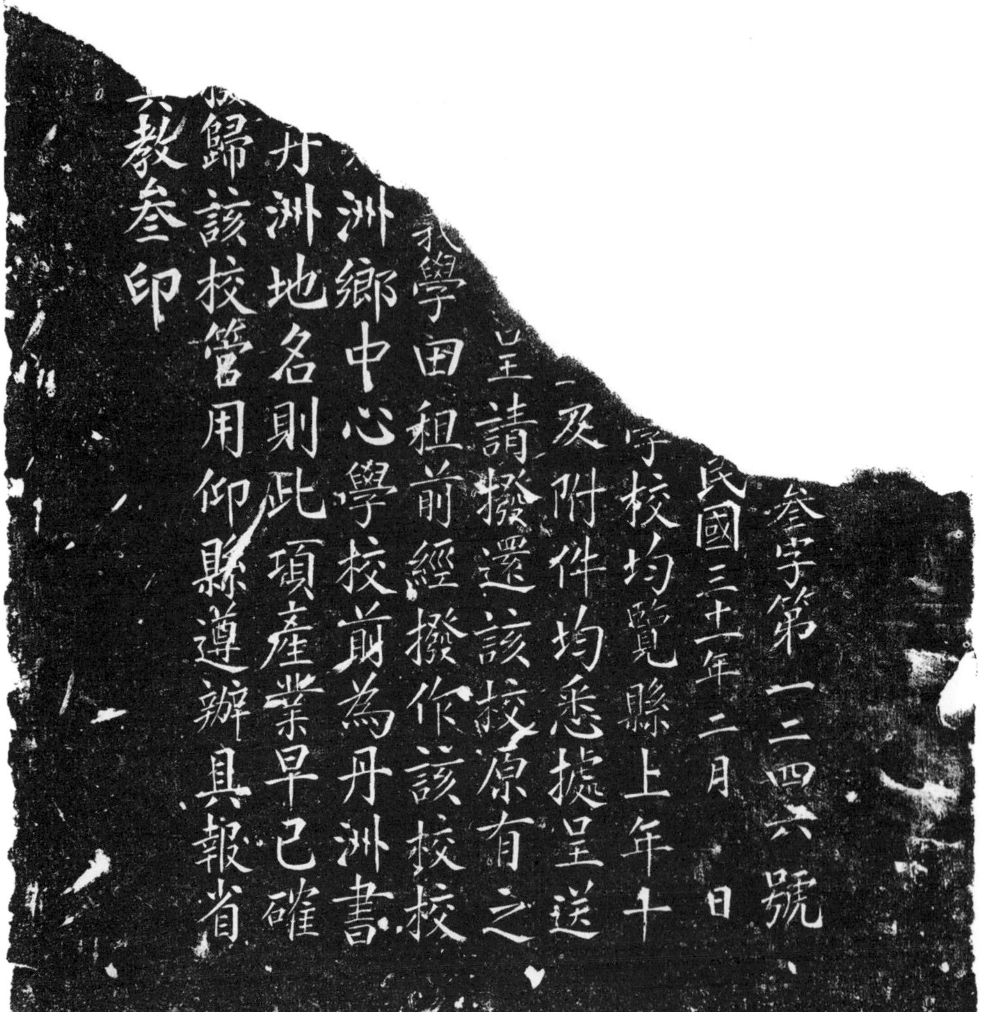

拨还丹洲乡中心学校校产碑

民国三十一年（1942 年）刻立。碑在丹洲镇丹洲书院内。碑名为编者根据内容所加。碑残高 70 厘米，宽 64 厘米。一面有字，楷书。碑已残缺。

丹洲乡中心校经费来源志碑

民国三十三年（1944 年）刻立，覃梦飞撰文。碑在丹洲镇丹洲书院内。碑额残缺，碑名根据碑文内容补全。碑高 67 厘米，宽 105 厘米。一面有字，楷书。碑已残损。

天后宫榜书

无年款。在丹洲镇丹洲村福建会馆（又称天后宫）大门处。高100厘米，宽70厘米。楷书。保存完好。

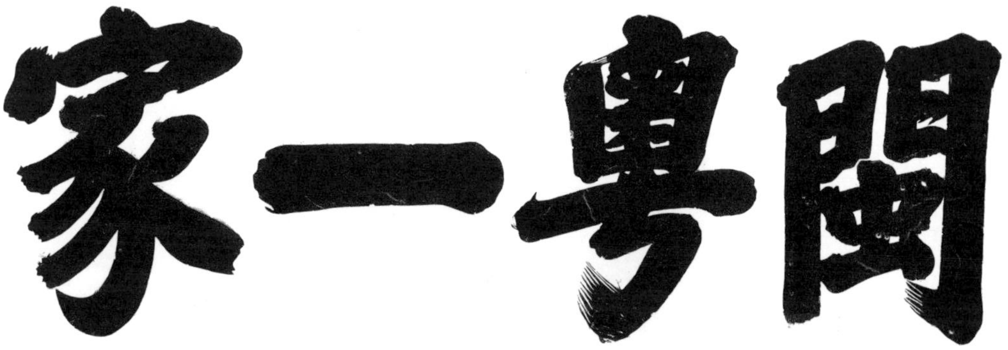

闽粤一家榜书

无年款。在丹洲镇丹洲村福建会馆（又称天后宫）大门处。高 100 厘米，宽 190 厘米。楷书。保存完好。

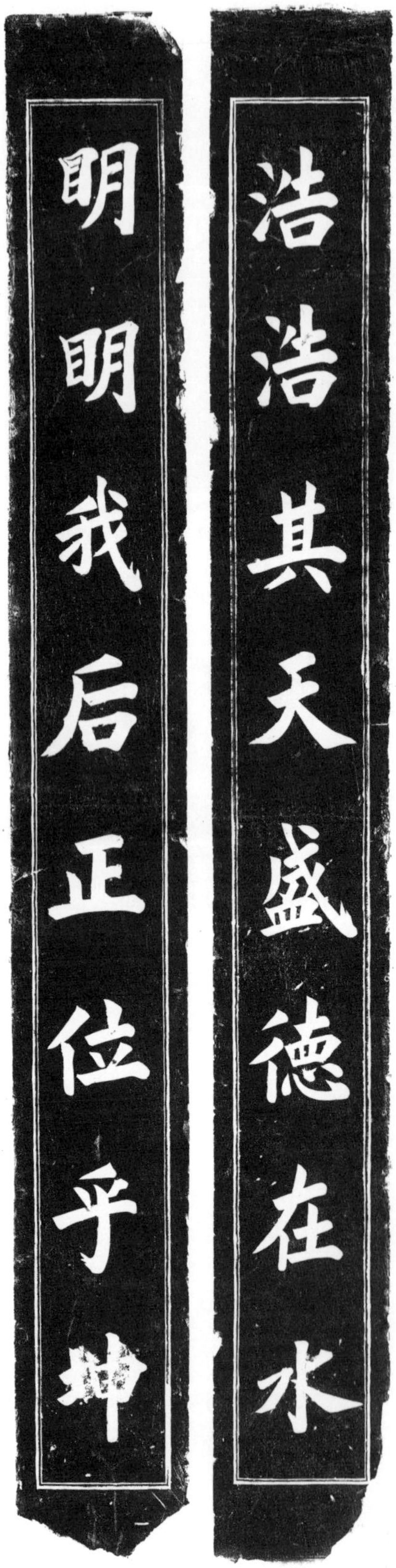

天后宫石柱对联

无年款。在丹洲镇丹洲村福建会馆（又称天后宫）大门处。高400厘米，宽35厘米。楷书。保存完好。

重修文庙碑记

无年款，据碑文所提“融怀营”推断，此碑刻于清中叶或之后。碑在丹洲镇丹洲村北门碑廊。碑额残缺，碑名为编者根据碑文内容所加。碑高140厘米，宽73厘米。一面有字，楷书。碑已残损。

据清乾隆《柳州府志》卷十九《兵制》记载，融怀营，“原系驻扎永宁营，乾隆七年改移融怀专营，辖怀、融、罗三县”。民国《三江县志》卷三《政治》记，清中叶，县设参将一员，名为融怀营，兼统融、罗两县，下置千总、把总、外委各员。

重建关帝庙碑记

无年款，据碑文所提“融怀营”推断，此碑刻于清中叶或之后。碑在丹洲镇丹洲村北门碑廊。碑高108厘米，宽53.5厘米，厚8.5厘米。一面有字，楷书。碑已自然风化，仅余少数文字可辨识。

重建金花宫碑记

无年款，碑文述及清光绪元年（1875 年）金花宫重建工程完工，由此推断此碑刻于清光绪年间或之后；庆远彭寿昌撰文。碑在丹洲镇丹洲村北门碑廊。碑高 135 厘米，宽 108 厘米。一面有字，楷书。碑已自然风化，文字难以辨识。

阳溪六合山禁约碑

无年款。碑在丹洲镇丹洲村。碑额残缺，碑名为编者根据碑文内容所加。残碑高89厘米，宽45厘米，厚7厘米。一面有字，楷书。碑已残损。

梁以文等捐资芳名碑

无年款。碑在丹洲镇丹洲村东城门旁。碑额残缺，碑名为编者根据碑文内容所加。碑残高 93 厘米，宽 74 厘米。一面有字，楷书。碑已残损。

斗江镇

斗江风光

怀远县斗江回龙庵题名碑记

明崇祯八年（1635 年）刻立，龙文光撰文。碑在斗江镇斗江村武圣宫内。碑高 147 厘米，宽 90 厘米。一面有字，楷书。碑已残损，字迹有磨损。

龙文光（？—1644 年），明代柳州八贤之一。字中黄，又字焕斗，别号西野明官，广西柳州府马平县人，洛容县恩贡生。明天启二年（1622 年）进士。据《清风园里说柳贤》记载，龙文光历任江西上犹知县、江西新建知县、吏部主事、贵州提学佥事、川北参政等职。明崇祯十七年（1644 年），擢右佥都御史，代陈士奇巡抚四川。当年八月，在成都率部与张献忠军激战，被杀，赠太子少保、兵部尚书，谥“忠毅”。清乾隆四十一年（1776 年）赐谥“忠节”。

林溪镇

林溪镇程阳风雨桥

霖雨苍生石构件

清道光二十四年（1844 年）刻立。为林溪镇高友村飞山庙内的石构件。高 70 厘米，宽 130 厘米，厚 7 厘米。楷书。保存较完好。

重修高友飞山庙碑序

清同治三年（1864年）刻立，潘沛霖撰文。碑在林溪镇高友村飞山庙内。碑额为“芳名千秋”，碑名为编者根据内容所加。碑高170厘米，宽85厘米，厚6厘米。一面有字，楷书。碑局部残损。

据民国《三江县志》卷三《政治·选举》记载，潘沛霖是高友村人，岁贡生。

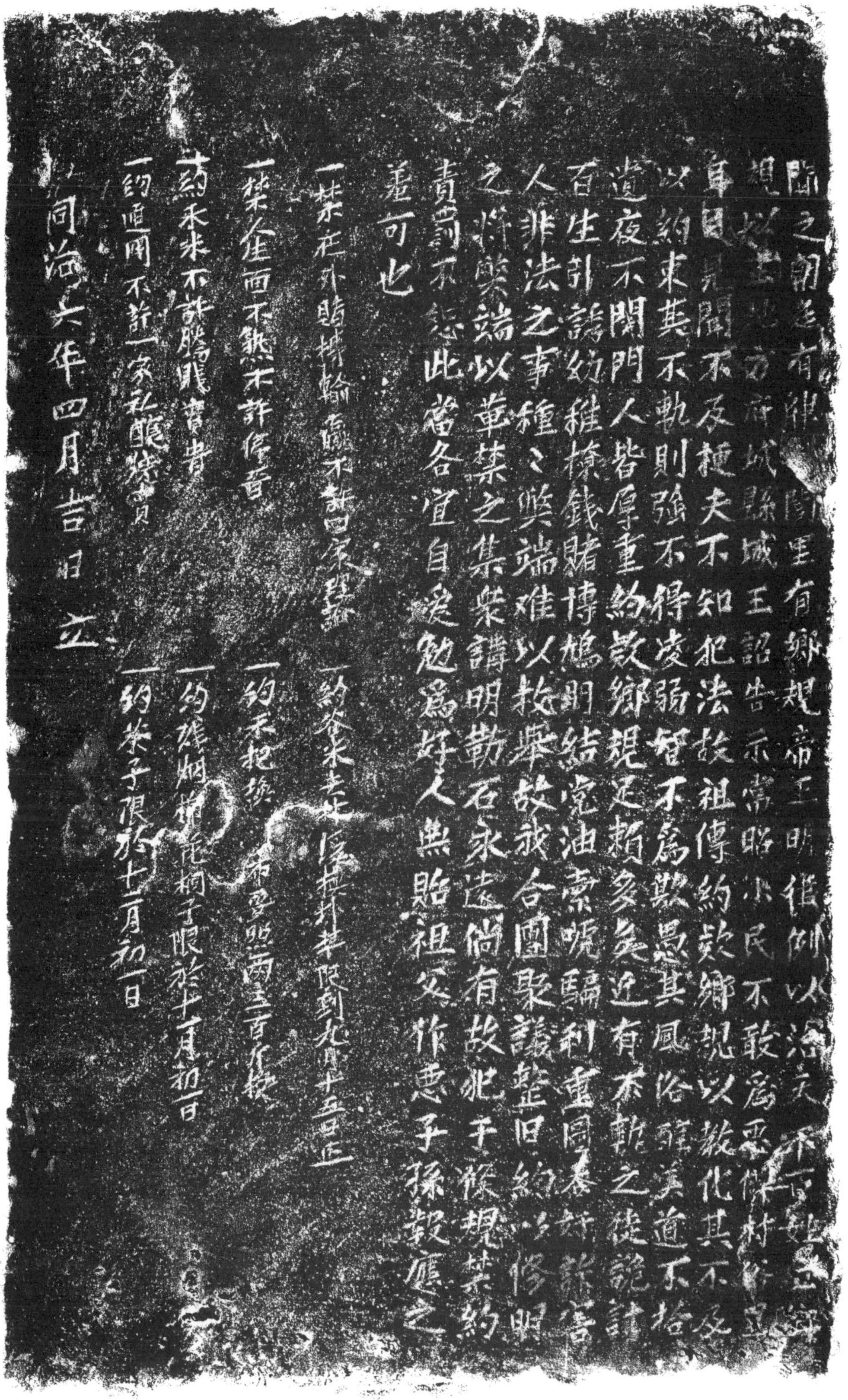

高友村众立禁约碑

清同治六年（1867 年）刻立。碑在林溪镇高友村南岳庙下。无碑额，碑名为编者根据内容所加。碑高 84 厘米，宽 49 厘米，厚 6 厘米。一面有字，楷书。碑已自然风化。

杨成光等捐资修路碑

清同治八年（1869 年）刻立。碑在林溪镇茶溪村。碑额为“流芳百世”，碑名为编者根据内容所加。碑高 156 厘米，宽 110 厘米，厚 5 厘米。一面有字，楷书。碑面有苔藓和污渍。

杨再明施造鼓磉

清光绪二十七年（1901 年）刻立。为林溪镇高友村南岳庙的石磉。高 24 厘米，石磉周长 80 厘米。三面刻图，一面刻楷书。保存较完好。

潘珣龙造鼓磉

清光绪二十七年（1901 年）刻立。为林溪镇高友村南岳庙的石磉。高 21 厘米，石磉周长 97 厘米。四面刻图，一面刻楷书。保存较完好。

高友飞山庙石柱对联

无年款。对联在林溪镇高友村飞山庙大门处。高 161 厘米，宽 27.5 厘米。楷书。保存较完好。

福泽乡里
潜心香烛接善缘
祈求神灵保平安

八江镇

马胖村飞山宫

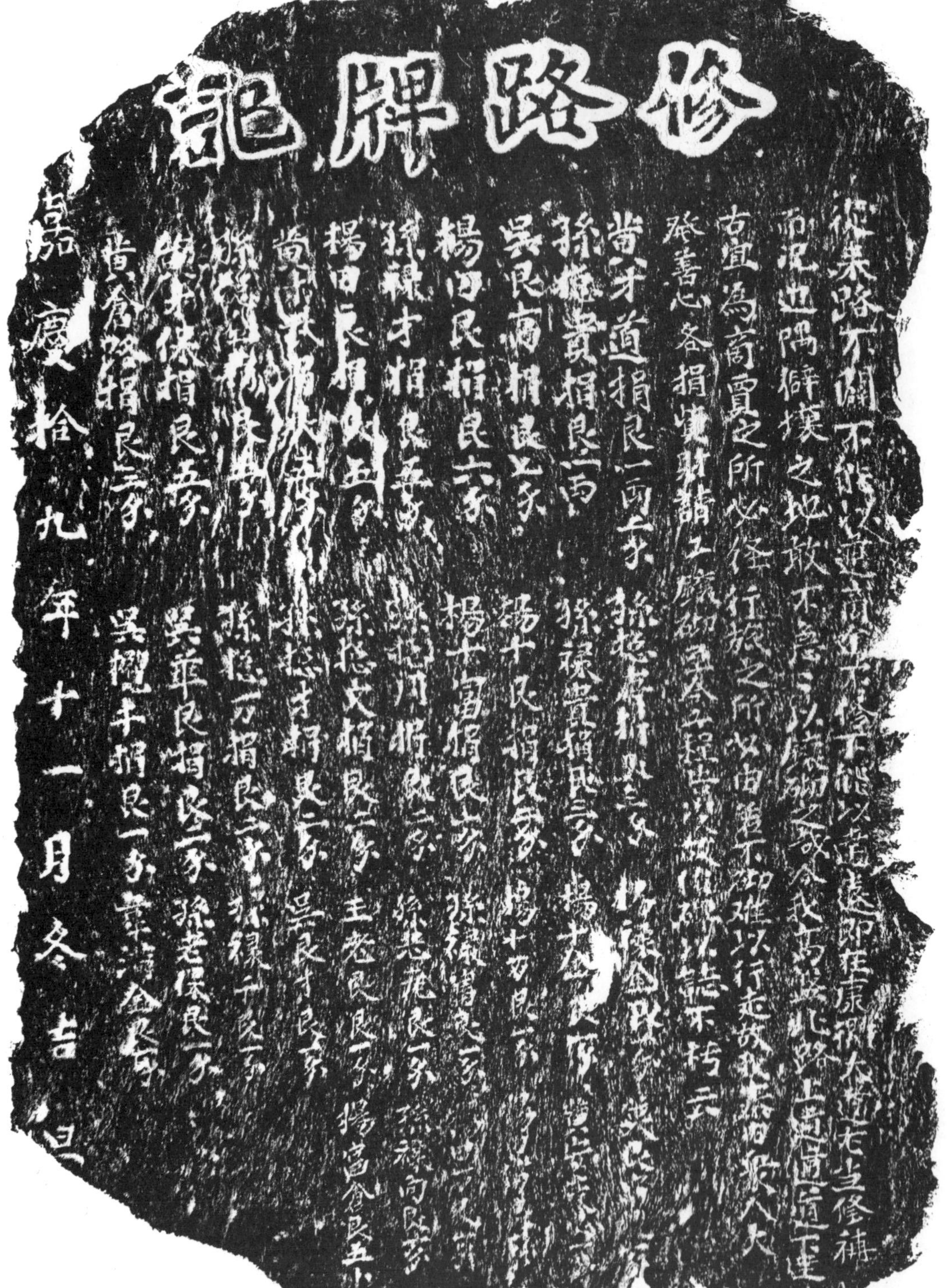

修路牌记

清嘉庆十九年（1814 年）刻立。碑原在八江镇归令村，2021 年移至归令村江头屯井亭边。碑高 65 厘米，宽 45 厘米，厚 6 厘米。一面有字，楷书。碑保存较完好。

重修三团飞山宫碑序

清光绪五年（1879 年）刻立，生员杨克昌撰文。碑在八江镇三团村飞山宫内。碑额为“亘古常昭”，碑名为编者根据内容所加。碑高 125 厘米，宽 85.5 厘米，厚 5 厘米。一面有字，楷书。碑保存较完好。

据《三江文物——三江侗族自治县第三次全国文物普查成果汇编》记载，三团村飞山宫始建于清代，为四合院建筑，分有前堂、后殿、左右厢房，中间有天井。该宫面阔 26.7 米，进深 12 米，通高 7 米，砖木结构，硬山顶，一层檐瓴，小青瓦屋面。

据碑文“重修一十八间，择于庚午年上梁”推断，重修飞山宫时间当在清同治九年（1870 年，庚午年）。

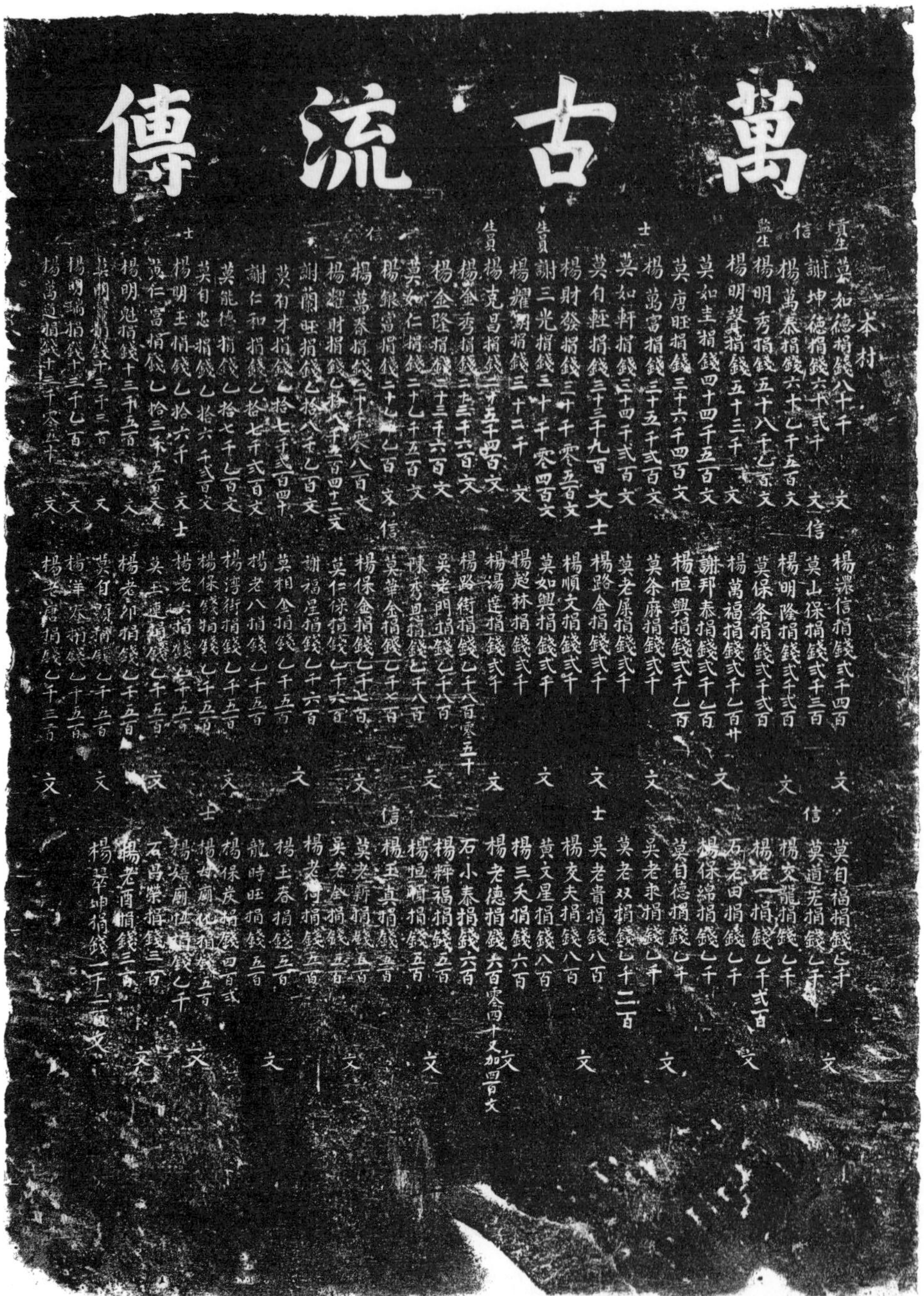

莫如德等捐资芳名碑

无年款。碑在八江镇三团村飞山宫内。碑额为“万古流传”，碑名为编者根据内容所加。碑高 108 厘米，宽 80 厘米。一面有字，楷书。碑保存较完好。

捐资芳名中的莫如德、谢坤德、谢三光、杨耀胡、杨克昌、莫如仁、杨银富等人，在清光绪五年（1879 年）《重修三团飞山宫碑序》中为首事，本碑应为飞山宫重修的捐资名单，由此推断此碑刻立时间当在清光绪五年。

据民国《三江县志》卷八《人物·列传》记载，莫如德，“八江乡三团村人，清岁贡生，品学兼优。光绪初，设塾于家，讲学育才，历二十年孜孜无倦，游其门而入泮明经者数不鲜，盖其学足以启发，品足以感化也。匪惟名噪当时，今犹啧啧人口争称莫老师焉”。

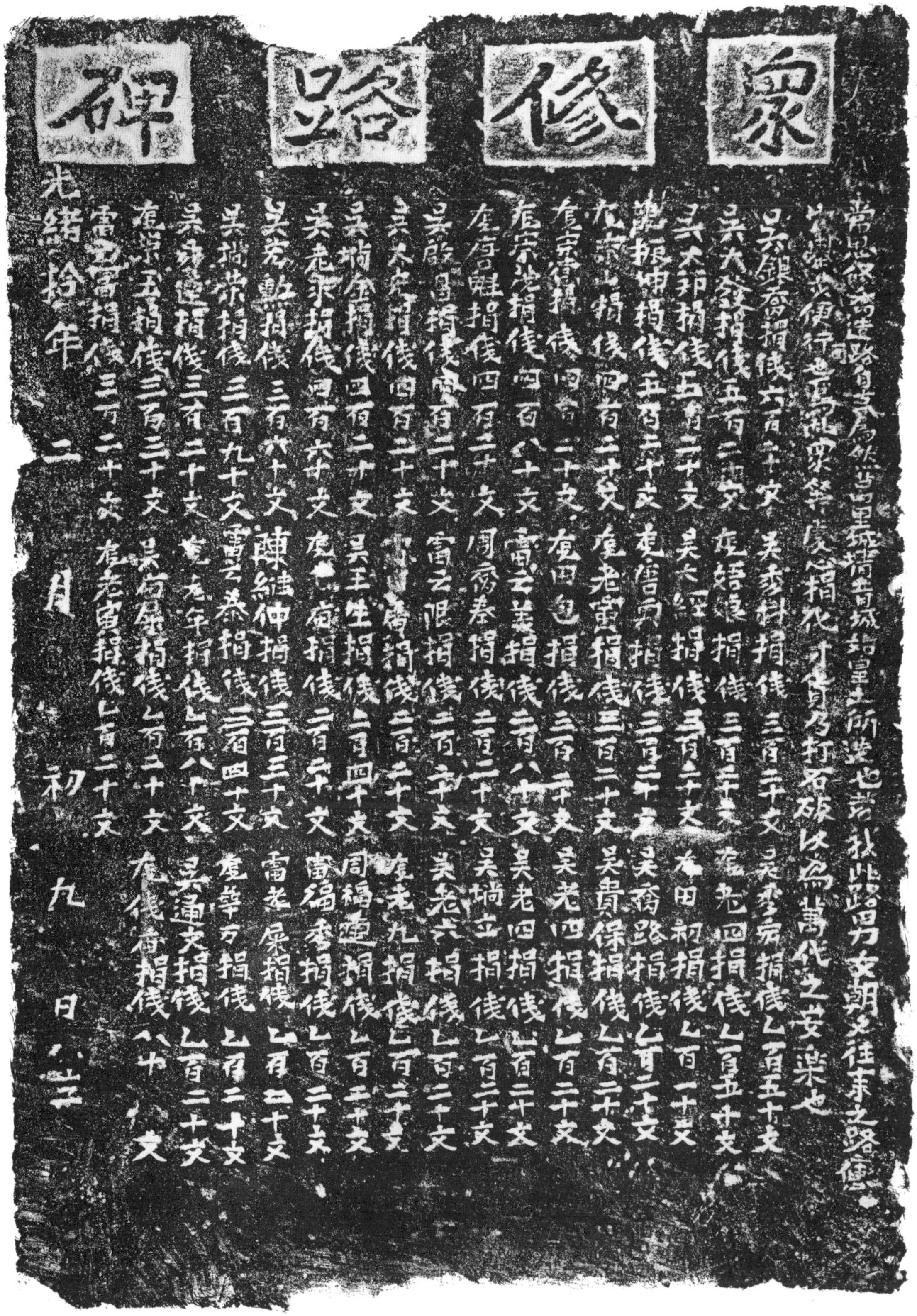

众修路碑

清光绪十年（1884年）刻立。碑在八江镇马胖村磨寨屯马胖鼓楼旁。碑高75厘米，宽50厘米。一面有字，楷书。碑部分缺损。

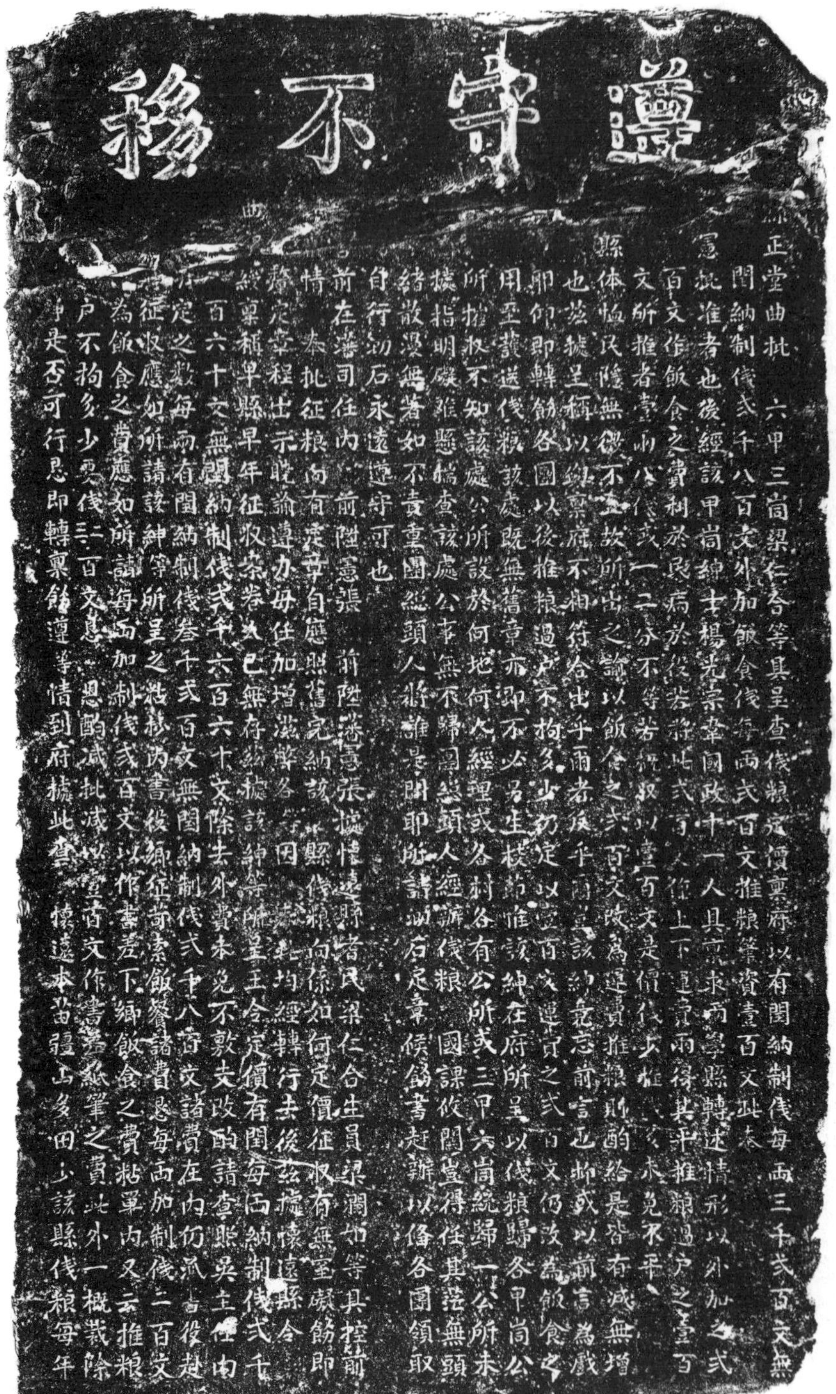

减免钱粮定价碑

清光绪十九年（1893 年）刻立。碑在八江镇马胖村飞山宫旁。碑额为“遵守不移”，碑名为编者根据内容所加。碑高 127 厘米，宽 71 厘米，厚 3 厘米。两面有字，楷书。碑已断裂。

碑文所提绅士杨光宗，据民国《三江县志》卷三《政治・选举》记载，杨光宗为“八江乡八江村人”，岁贡生。

碑文所提蒋兆奎，湖南长沙人，光绪年间署柳州知府。柳侯公园内现存清光绪十八年（1892 年）《重建柑香亭碑记》为蒋兆奎撰。

……為數無異與以前向有府布完納者情形與他縣有間茲據該縣所擬章程尚屬平允批請照

辦該紳等所呈賞准給示相應轉稟

憲台爺核倘蒙府如所請即飭出示曉諭並將所定章程勒石永為遵守毋得任意加征嚴禁鄉征書役勿許額

外需索知[illegible]定即從重究辦決不寬貸是否有當伏候訓示飭遵除稟

撫憲暨藩臬道憲外為此具稟仰乞垂鑒府將兆奎讜稟事由稟據達縣錢糧批照該縣酌定章程征

牧請示遵由

光緒十八年五月初三日批示曉諭

計開歸屬馬牌錄列於左

岩寨共六戶

土寨共六戶

炎檮凡馬二寨共同在內

再者凡有公事差役上下來往盡歸苗上公館安宿[illegible]道

十九年二月初一日立碑

奉谕咸熙碑

清光绪二十三年（1897 年）刻立。碑原在马胖村飞山宫内；“文化大革命”期间，飞山宫被毁，后村民将此碑移至马胖村磨寨屯戏台旁。碑高 141 厘米，宽 82 厘米，厚 6 厘米。两面有字，楷书，另一面为《永定条规》。碑已断为两截，村民用水泥修补后部分字迹无法辨识。

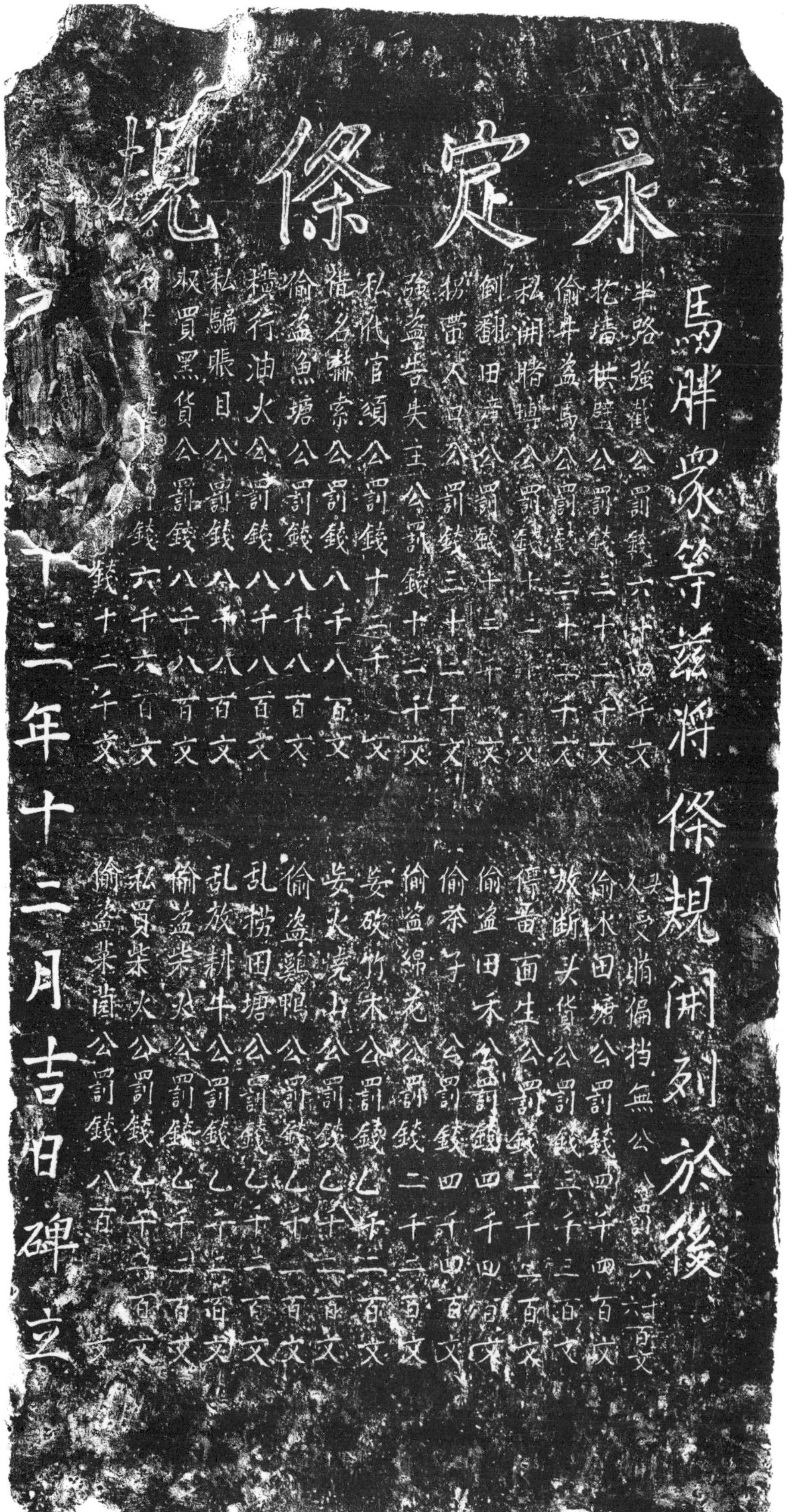
永定條規
馬胖冢等蕊將條規開列於後
半路強截公罰錢六十四千文
挖墻拱壁公罰錢三十二千文
偷牛盜馬公罰錢三十二千文
私開賭場公罰錢十二千文
倒翻田岸公罰錢十二千文
扮帶人口公罰錢三十二千文
強盜害失主公罰錢十二千文
私代官須公罰錢十二千文
借名嚇索公罰錢八千八百文
偷盜魚塘公罰錢八千八百文
攔行油火公罰錢八千八百文
私騙賬目公罰錢八千八百文
收買黑貨公罰錢八千八百文
人受賄偏挡無公罰六百文
偷水田塘公罰錢四千四百文
放斷夫貨公罰錢三千三百文
傳番面生公罰錢二千二百文
偷盜田禾公罰錢四千四百文
偷茶子公罰錢四千四百文
偷盜綿花公罰錢二千二百文
妄砍竹木公罰錢乙千二百文
妄火燒山公罰錢乙千二百文
偷盜雞鴨公罰錢乙千二百文
乱撈田塘公罰錢乙千二百文
乱放耕牛公罰錢乙千二百文
偷盜柴火公罰錢乙千二百文
私買柴火公罰錢乙千二百文
偷盜菜蔬公罰錢八百文
十二年十二月吉日碑立

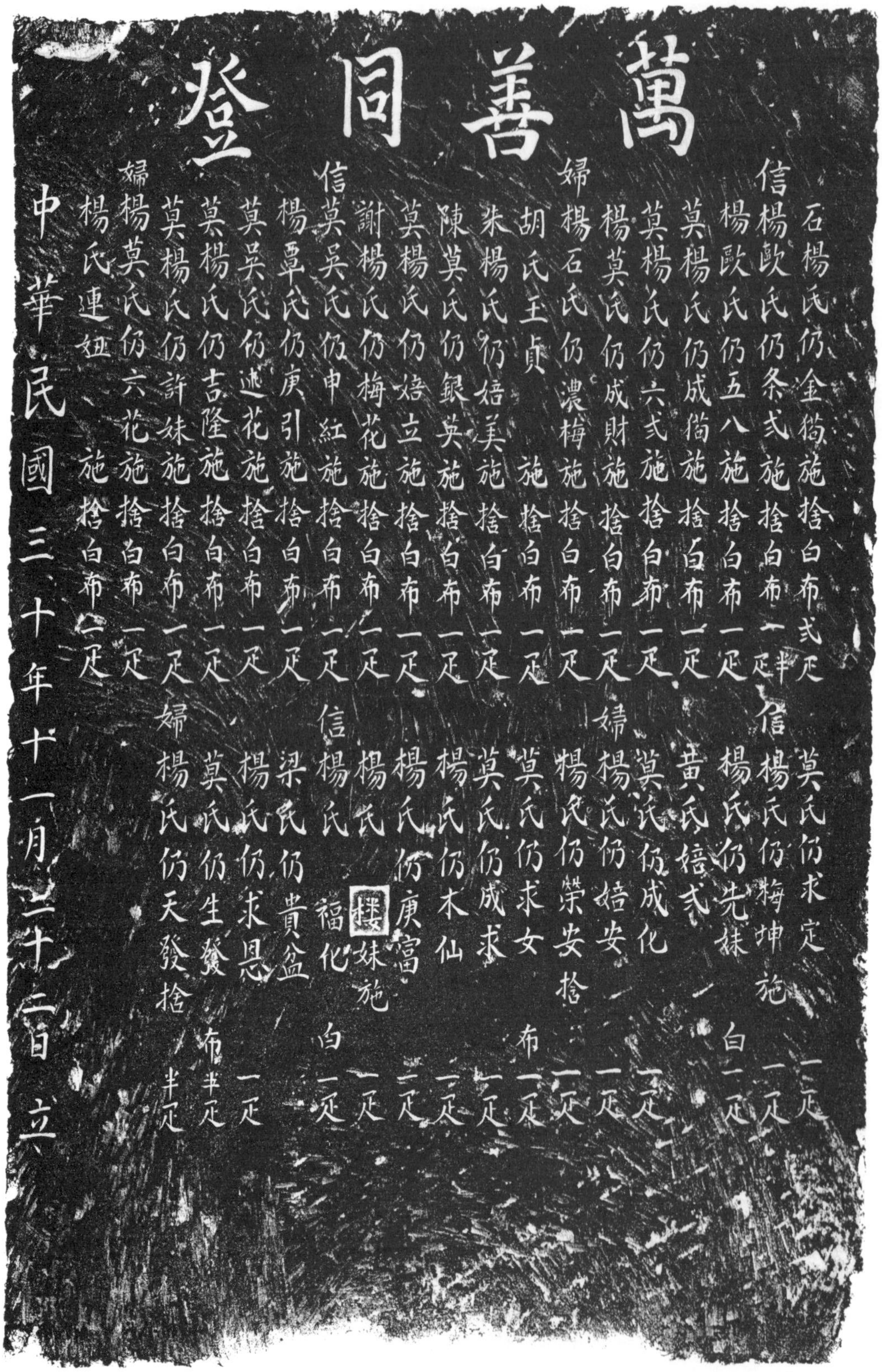

石杨氏等捐资芳名碑

民国三十年（1941 年）刻立。碑在八江镇三团村飞山宫内。碑额为“万善同登”，碑名为编者根据内容所加。碑高 105 厘米，宽 69 厘米，厚 6 厘米。一面有字，楷书。碑保存完好。

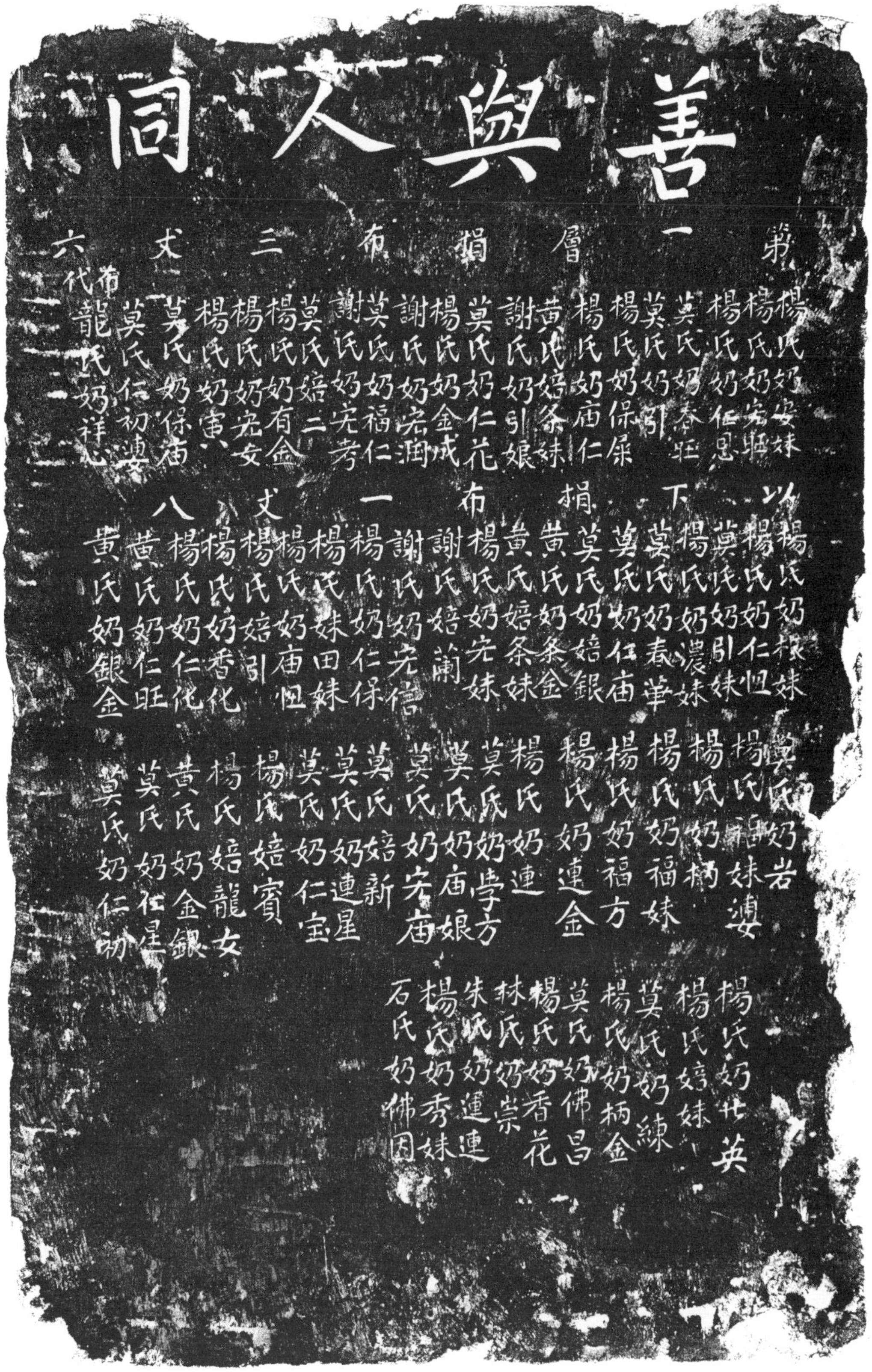

杨氏奶安妹等捐资芳名碑

无年款。碑在八江镇三团村飞山宫内。碑额为“善与人同”，碑名为编者根据内容所加。碑高83厘米，宽53厘米，厚6厘米。一面有字，楷书。碑局部残损。

杨之合等捐资芳名碑

无年款。碑在八江镇三团村飞山宫内。碑额为“千□不朽”，碑名为编者根据内容所加。碑残高 54 厘米，宽 70 厘米，厚 3.5 厘米。一面有字，楷书。碑已残损，仅余两块残件。

千
寨外村
楊之合捐錢捌千零三百
楊之明捐錢九千二百
石永昌捐錢七千四百
石永隆捐錢六千二百
文
石奶新妹捐錢五千四百
寨禍村
信
黄秀清捐錢弍千
吳化田捐錢乙千五百
文
黄恭吉捐錢乙千五百
富田村
錢叁千
石金
楊之
歐貢
楊之
楊之
信
黄秀堂
吳士隆
吳士忠
楊文光捐
士
吳光志捐
吳文富捐

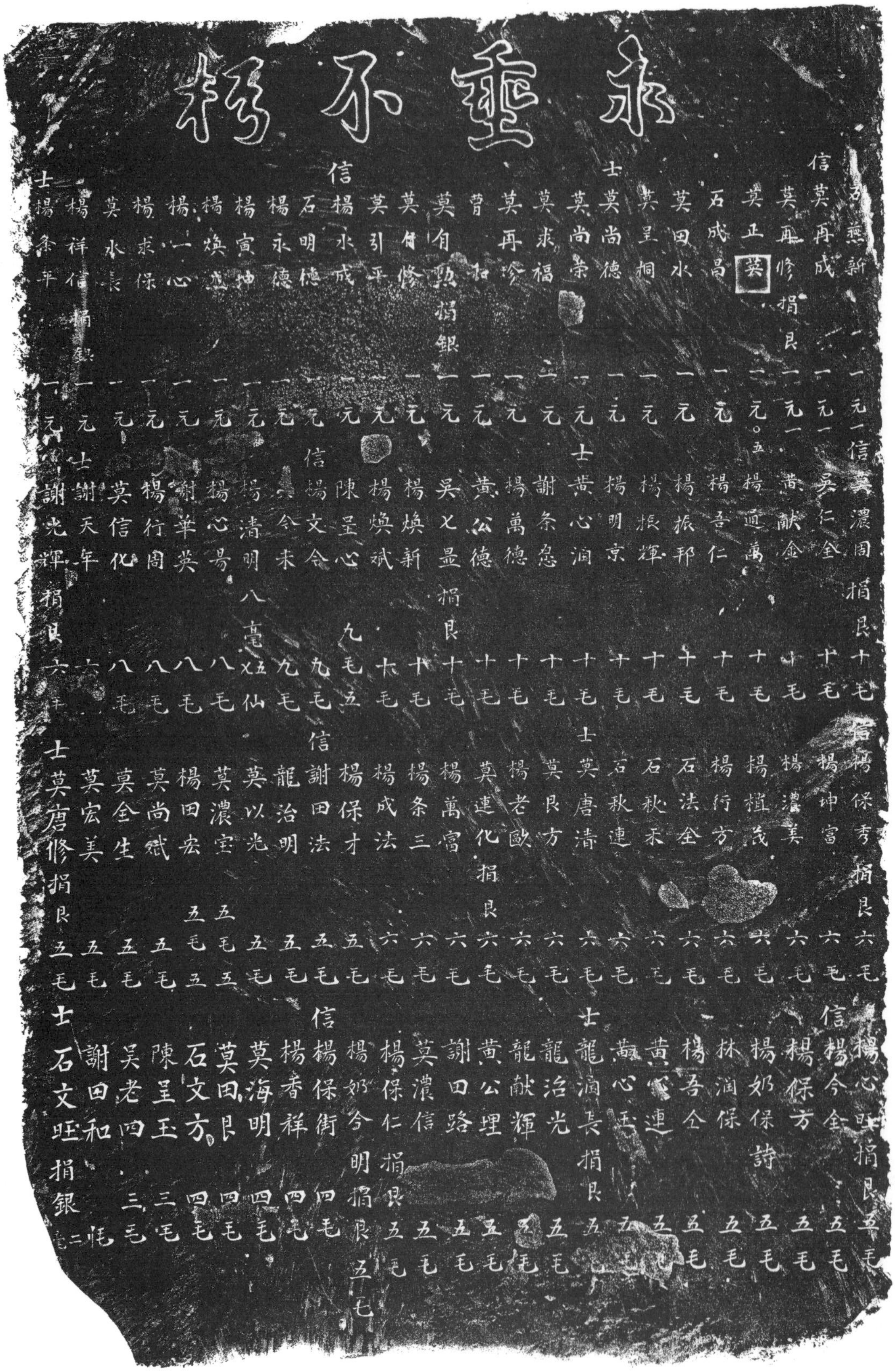

石燕新等捐资芳名碑

无年款。碑在八江镇三团村飞山宫内。碑额为“永垂不朽”，碑名为编者根据内容所加。碑高133厘米，宽73厘米，厚5厘米。一面有字，楷书。碑保存较完好。

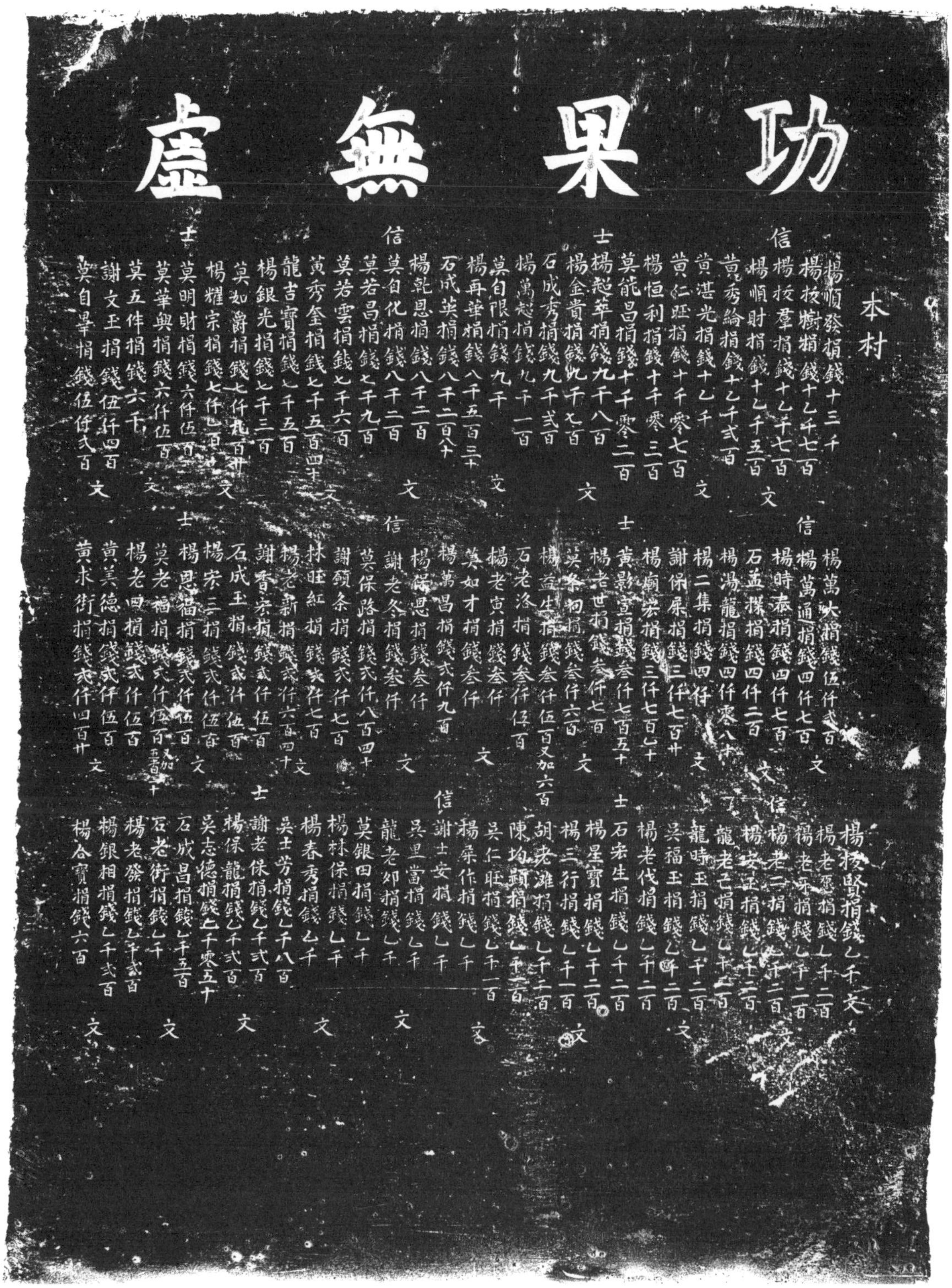

杨顺发等捐资芳名碑

无年款。碑在八江镇三团村飞山宫内。碑额为“功果无虚”，碑名为编者根据内容所加。碑高120厘米，宽85.5厘米，厚5厘米。一面有字，楷书。碑保存较完好。

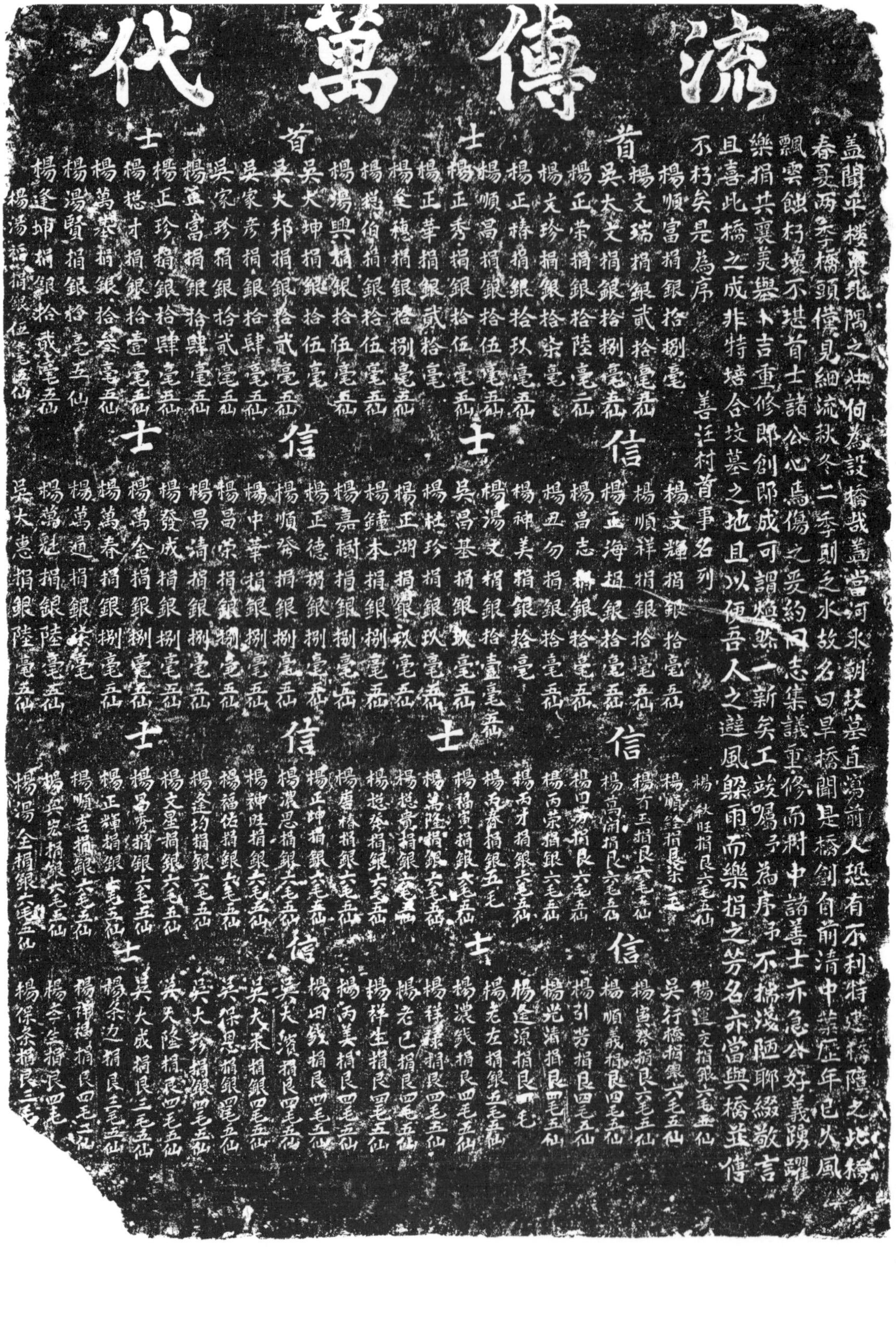
流傳萬代

盖聞平樓東北隅之坳伯為設橋哉盖當河水朝枝基直衝前人恐有不利特建橋隆之此橋春夏兩季橋頭僅見細流秋冬二季則之水故名曰旱橋聞是橋創自前清中葉歷年已久風飄雲蝕朽壞不堪首士諸公心焉傷之爰約同志集議重修而附中諸善士亦急公好義踴躍樂捐共襄美舉卜吉重修即創即成可謂煥然一新矣工竣囑予為序予不揣淺陋聊綴數言且喜此橋之成非特培合坟墓之地且以便吾人之避風躲雨而樂捐之芳名亦當與橋並傳不朽矣是為序

善任村首事名列

杨顺富等重修旱桥碑序

无年款。碑在八江镇平善村。碑额为“流传万代”，碑名为编者根据内容所加。碑高 119 厘米，宽 80 厘米，厚 3 厘米。一面有字，楷书。碑局部残损。

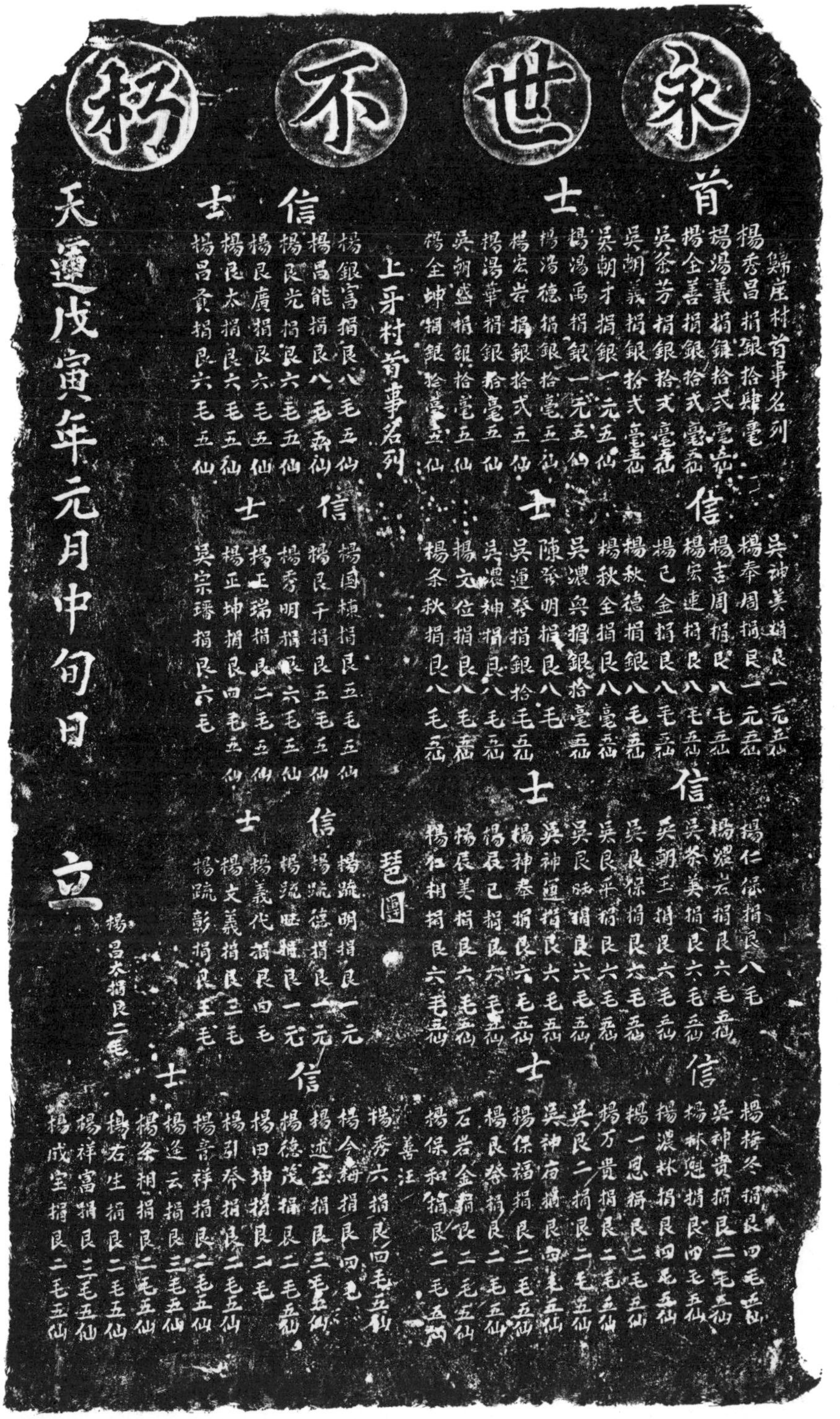

归座等村捐资芳名碑

天运戊寅年元月刻立。碑在八江镇平善村。碑额为“永世不朽”，碑名为编者根据内容所加。碑高 120 厘米，宽 69 厘米，厚 3.5 厘米。一面有字，楷书。碑局部残损。

学界以往的研究多将天运纪年与清中叶的天地会及清末革命运动相联系。但据学者赵世瑜考证，天运纪年除常见于晚近时期的东南亚华人社会及中国东南沿海地区外，也经常存在于民众日常的仪式活动中（见赵世瑜《“天运”纪年的利用及其本相——兼论明清以来民间教门的日常形态》）。故此碑的刻立时间待考。

独峒镇

独峒镇平流村华练屯的斗牛节（李家树拍摄）

功德碑

清乾隆三十七年（1772 年）刻立。碑在独峒镇玉马村高宇屯。碑残高 71 厘米，宽 55 厘米，厚 7 厘米。一面有字，楷书。碑已残损，仅余上半截，字迹难以辨识。

辞路免行碑

民国十二年（1923 年）刻立。碑在独峒镇里朝村里朝屯。碑残高 124 厘米，宽 69 厘米，厚 7 厘米。一面有字，楷书。碑已自然风化。

程村乡

焦柳铁路线程村铁路大桥

新建宗祠碑记

清光绪二年（1876 年）刻立，曹氏第三十代孙曹福基撰文。碑在程村乡泗里村富文坪屯曹氏宗祠内。碑残高 134 厘米，宽 71 厘米，厚 5.5 厘米。一面有字，楷书。碑已残损，仅余三块。

恩进士曹福基，民国《三江县志》卷三《政治·选举》记曹福基为“泗里乡富程村”人。

老堡乡

老堡乡三江口风光

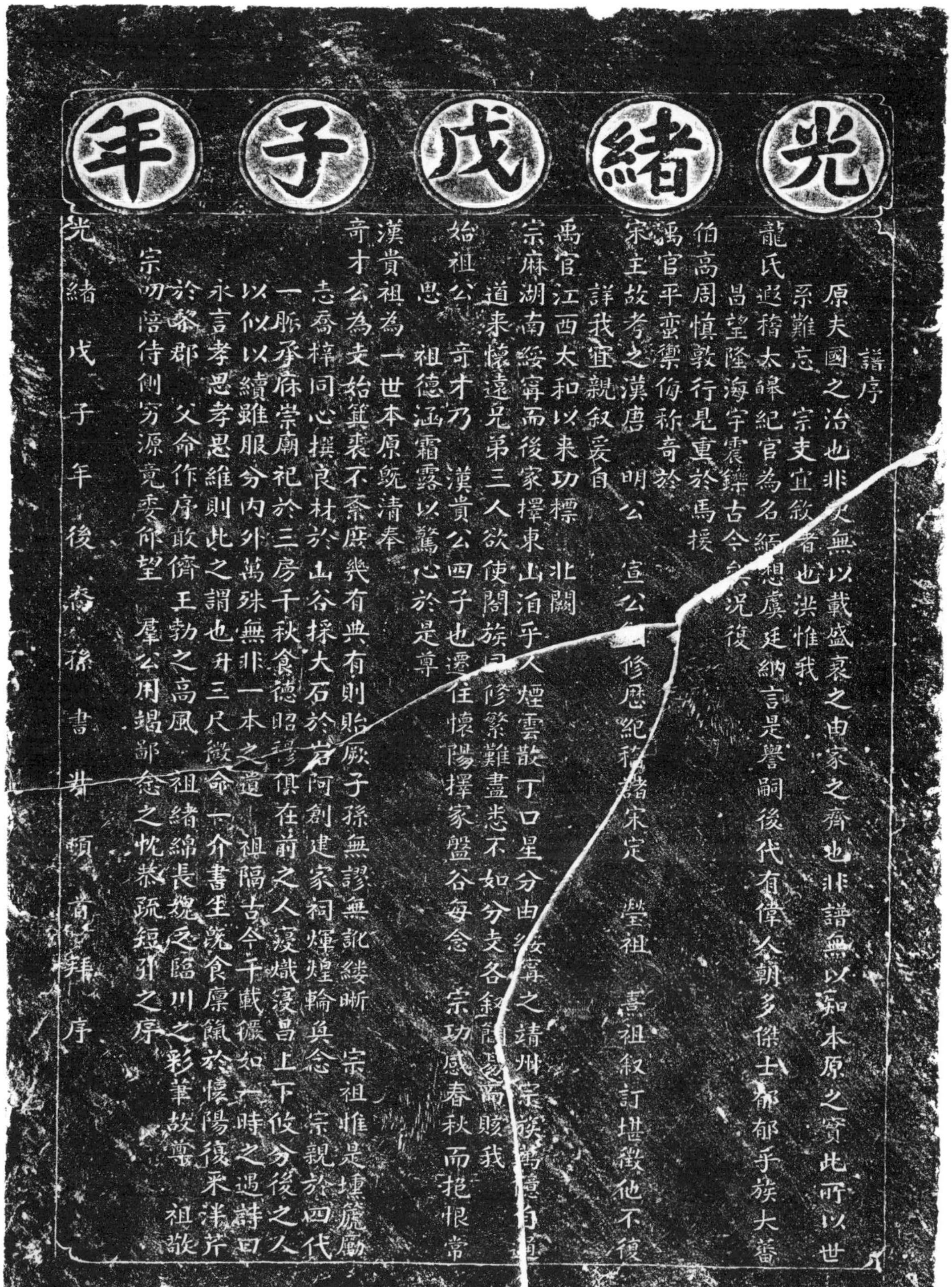

光緒戊子年

譜序

原夫國之治也非史無以載盛衰之由家之齊也非譜無以知本原之實此所以世
系難忘 宗支宜敘者也洪惟我
龍氏遐稽太皞紀官為名緬想虞廷納言是譽嗣後代有偉人朝多傑士郁郁乎族大蕃
昌望隆海宇震鑠古今矣況復
伯高周慎敦行見重於馬援
禹官平蠻懍偽稱奇於
宋主故考之漢唐 明公 宣公 修歷紀稽譜宋定 瑩祖 熹祖叙訂堪徵他不復
詳我宜親叙爰自
禹官江西太和以来功標 北闕
宗麻湖南綏寧而後家擇東山洎乎人煙雲散丁口星分由綏寧之靖州宗族鵲遷自通
道来懷遠兄弟三人欲使閤族同修繁難盡悉不如分支各叙簡易而賅我
始祖公 奇才乃 漢貴公四子也遷住懷陽擇家盤谷每念 宗功感春秋而抱恨常
思 祖德涵霜露以驚心於是尊
漢貴祖為一世本原既清奉
奇才公為支始箕裘不紊庶幾有典有則貽厥子孫無謬無訛縷晰 宗祖惟是壎篪勵
志喬梓同心撰良材於山谷採大石於岩阿創建家祠煇煌輪奐念 宗親於四代
一脈承庥崇廟祀於三房千秋食德昭穆俱在前之人寢熾寢昌上下攸分後之人
以似以續雖服分內外萬殊無非一本之遺 祖隔古今千載儼如一時之遇詩曰
永言孝思孝思維則此之謂也升三尺微命一介書生饑食廩餼於懷陽復采洋芹
於黎郡 父命作序敢儕王勃之高風 祖緒綿長愧乏臨川之彩筆故尊 祖敬
宗叨陪侍側穷源竟委所望 羣公周謁鄙念之忱恭疏短引之序
光緒戊子年後裔孫書升頓首拜序

塘库村龙氏谱序碑

清光绪十四年（1888 年）刻立，龙书升撰。碑在老堡乡塘库村盘鱼泠屯龙振家祠内。碑高 147 厘米，宽 94 厘米，厚 5 厘米。一面有字，楷书。碑已断成三块。

塘库村盘鱼泠屯龙振家祠由龙幸超于光绪十四年捐建，“文化大革命”期间遭破坏，仅存部分残垣断壁和一些石构件，祠内现存旧碑三通。2012 年 2 月，龙振家祠被列为县级文物保护单位。

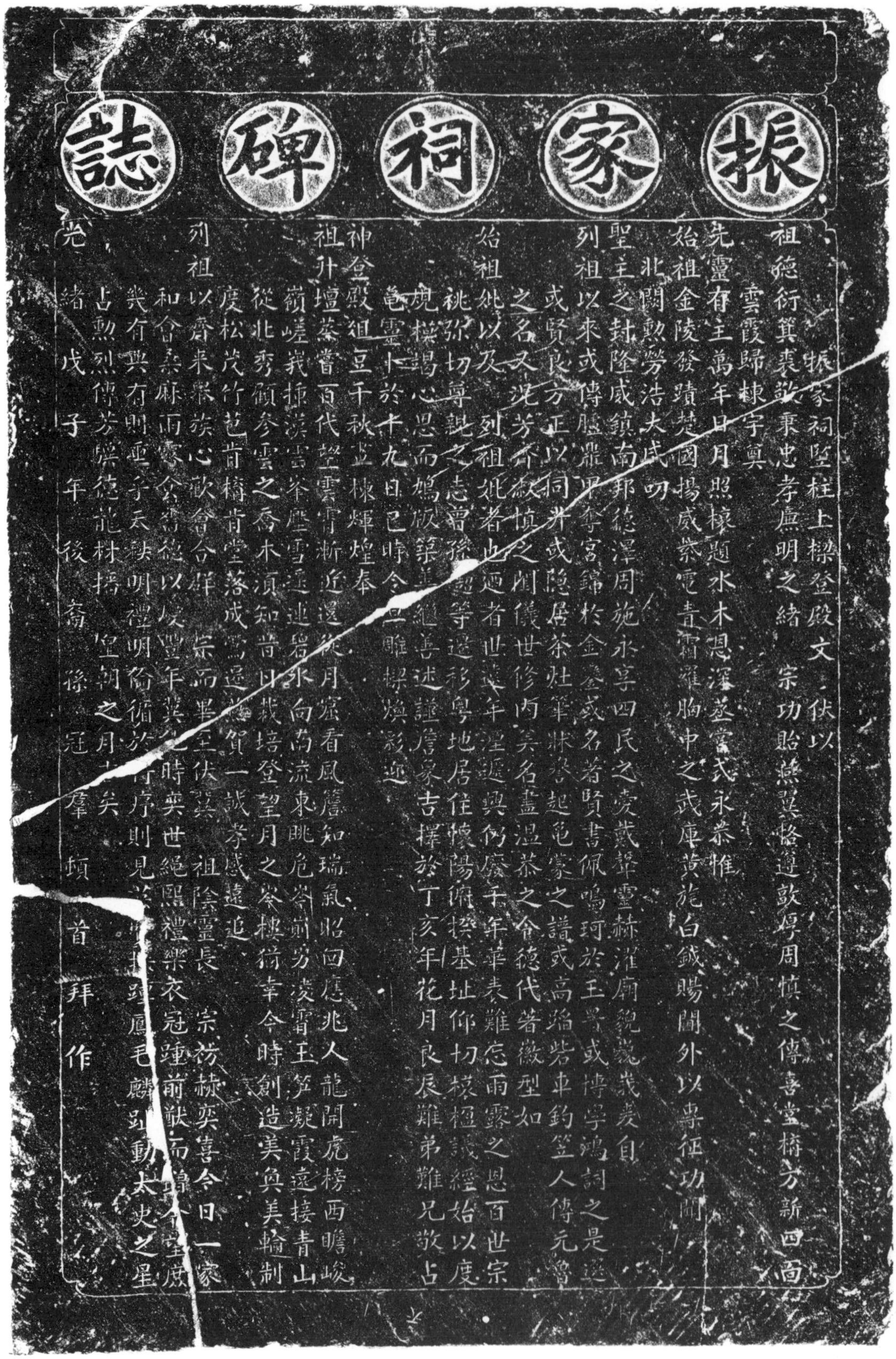

振家祠碑志

清光绪十四年（1888 年）刻立，龙冠群撰文。碑在老堡乡塘库村盘鱼泠屯龙振家祠内。碑高 147 厘米，宽 94 厘米，厚 5 厘米。一面有字，楷书。碑已断成三块。

冠群督理修碑

清光绪十四年（1888 年）十月，由龙冠群督修立碑。碑在老堡乡塘库村盘鱼泠屯龙振家祠内。碑高 147 厘米，宽 94 厘米，厚 5 厘米。一面有字，楷书。碑已残缺，余两截。

老堡义学碑

清光绪十四年（1888 年）刻立。碑在老堡乡人民政府大院内。碑高 159 厘米，宽 67 厘米，厚 6 厘米。一面有字，楷书。碑已自然风化，字迹不清。

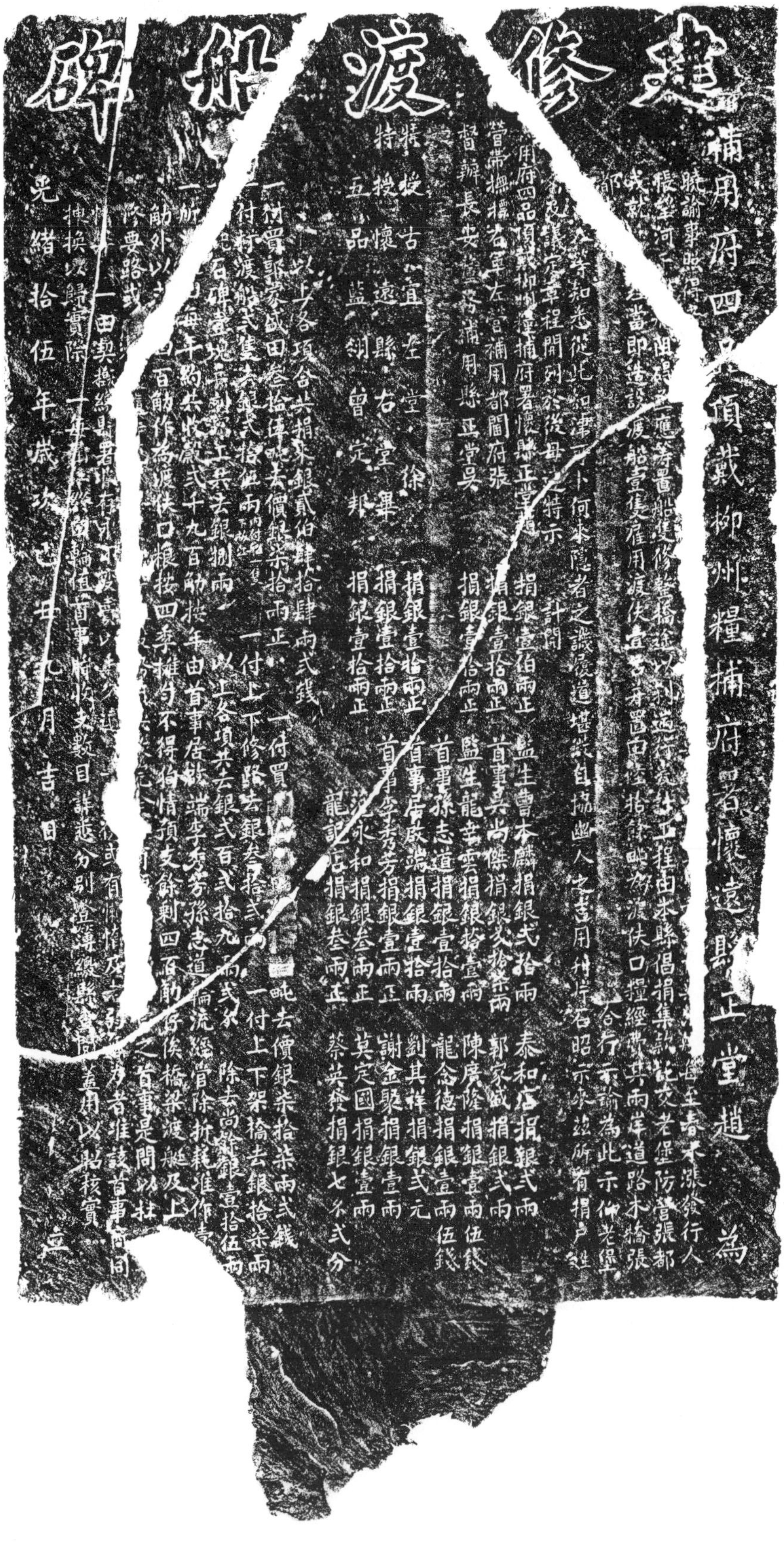

建修渡船碑

清光绪十五年（1889 年）刻立。碑在老堡乡人民政府大院内。碑高 170 厘米，宽 87 厘米，厚 6 厘米。一面有字，楷书。碑已残损。

人和桥

良口乡

和里村的人和桥和三王宫

石桥牌记

清乾隆四十六年（1781 年）刻立。碑在良口乡南寨村下南屯戏台旁。碑高 86 厘米，宽 50 厘米，厚 4 厘米。一面有字，楷书。部分字迹有磨损。

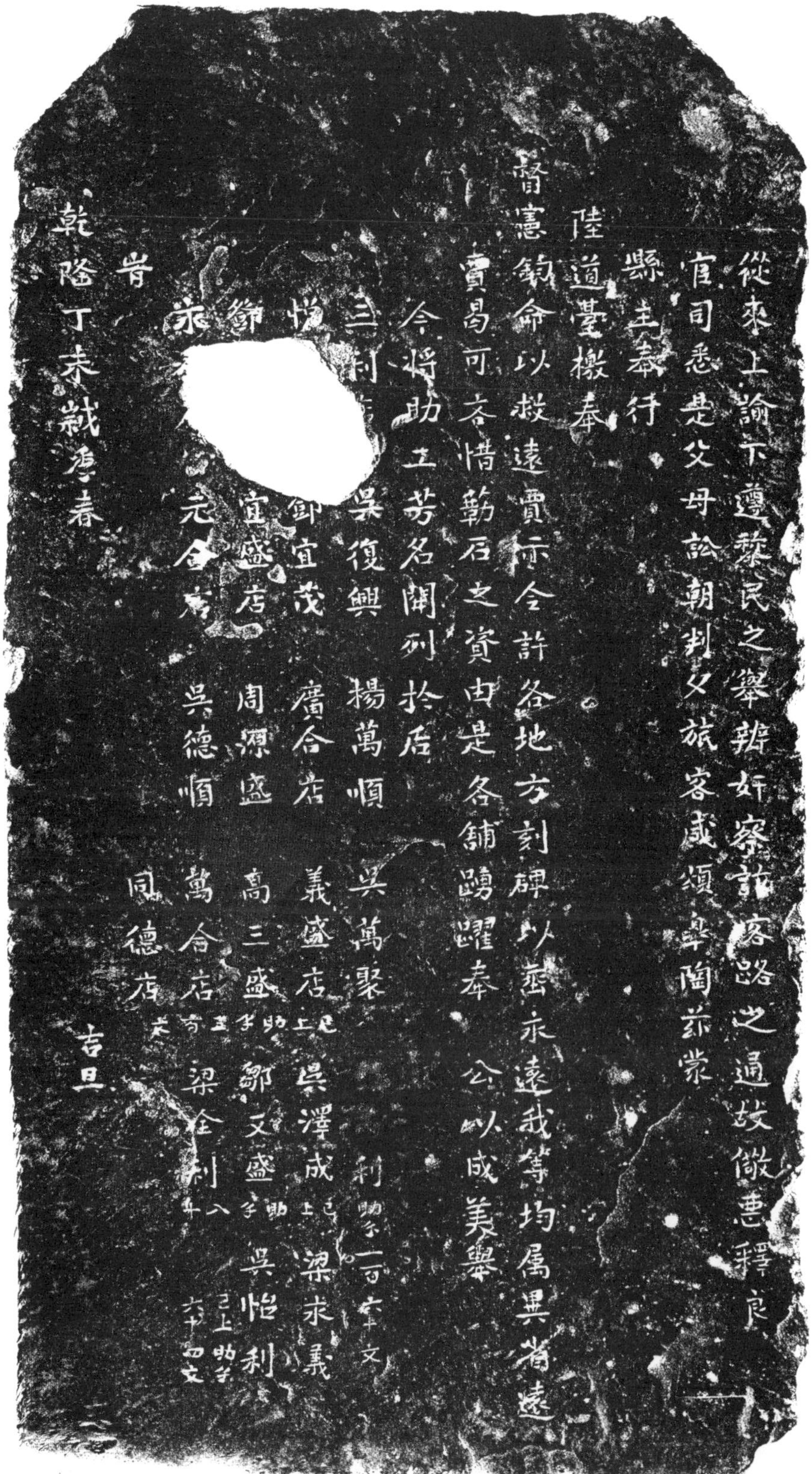

商贾捐资碑

清乾隆五十二年（1787 年）刻立。碑在良口乡和里村三王宫内碑廊。原碑无碑额，碑名为编者根据内容所加。碑高 105 厘米，宽 50 厘米。一面有字，楷书。部分字迹有磨损。

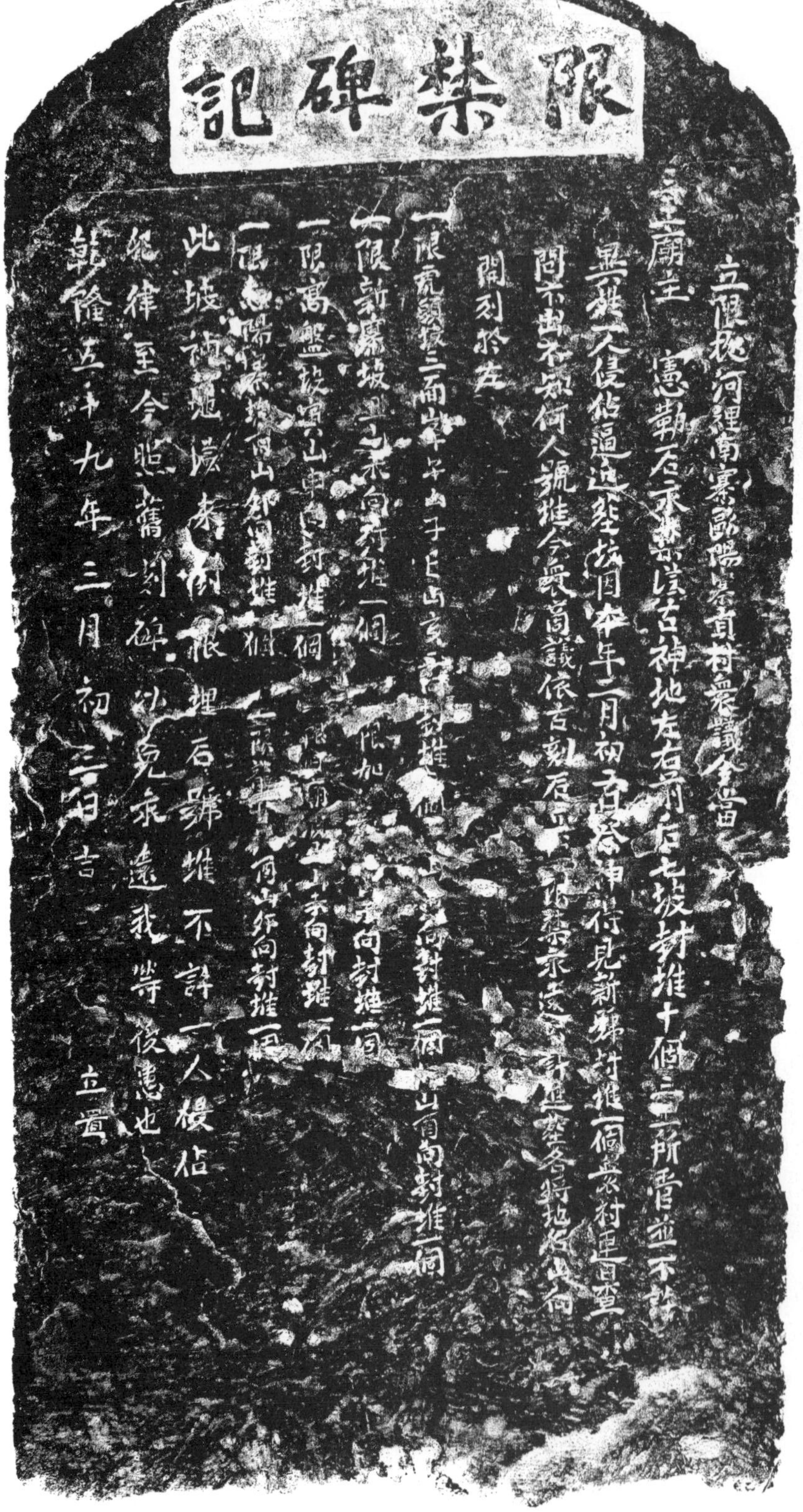

限禁碑记

清乾隆五十九年（1794 年）刻立。碑在良口乡和里村三王宫内。碑高 102 厘米，宽 52 厘米，厚 4 厘米。一面有字，楷书。碑局部残损。

杨尚美等捐修水井碑

清道光十年(1830年)刻立，杨华撰文。碑在良口乡南寨村南面水井旁。碑额为“泽恒及人”，碑名为编者所加。碑高86厘米，宽61厘米，厚7.5厘米。一面有字，楷书。碑已自然风化，部分字迹已磨损。

重修三王庙碑

清道光十年（1830年）刻立。碑在良口乡产口村旧寨屯。碑高117厘米，宽72厘米，厚7厘米。一面有字，楷书。部分字迹已磨损。

据《永远的夜郎——三江夜郎文化》（三江文史资料第十一辑，吴启强、杨会光编著，2016年11月内部印行）记载，产口村三王庙始建于1624年，后毁于洪水，清道光十年重建。产口两寨每年农历九月初九举办庙会，祭拜三王。“文化大革命”期间，庙宇被毁，此后庙会活动停止。改革开放后，产口新寨重新举办庙会，但老寨不再参与。

功德碑记

清道光十六年（1836 年）刻立，信士杨仁尚及家人同立。碑在良口乡和里村三王宫内。碑高 91 厘米，宽 61 厘米。一面有字，楷书。碑保存较完好。

寨贡村杨氏架渡碑

清道光十八年（1838 年）刻立。碑原藏于良口乡南寨村村民家中，2022 年 9 月 22 日移至良口乡南寨村寨贡屯中和堂内。碑额为“亘垂不朽”，碑名为编者根据内容所加。碑高 83 厘米，宽 51 厘米，厚 6.5 厘米。一面有字，楷书。碑上字迹已模糊。

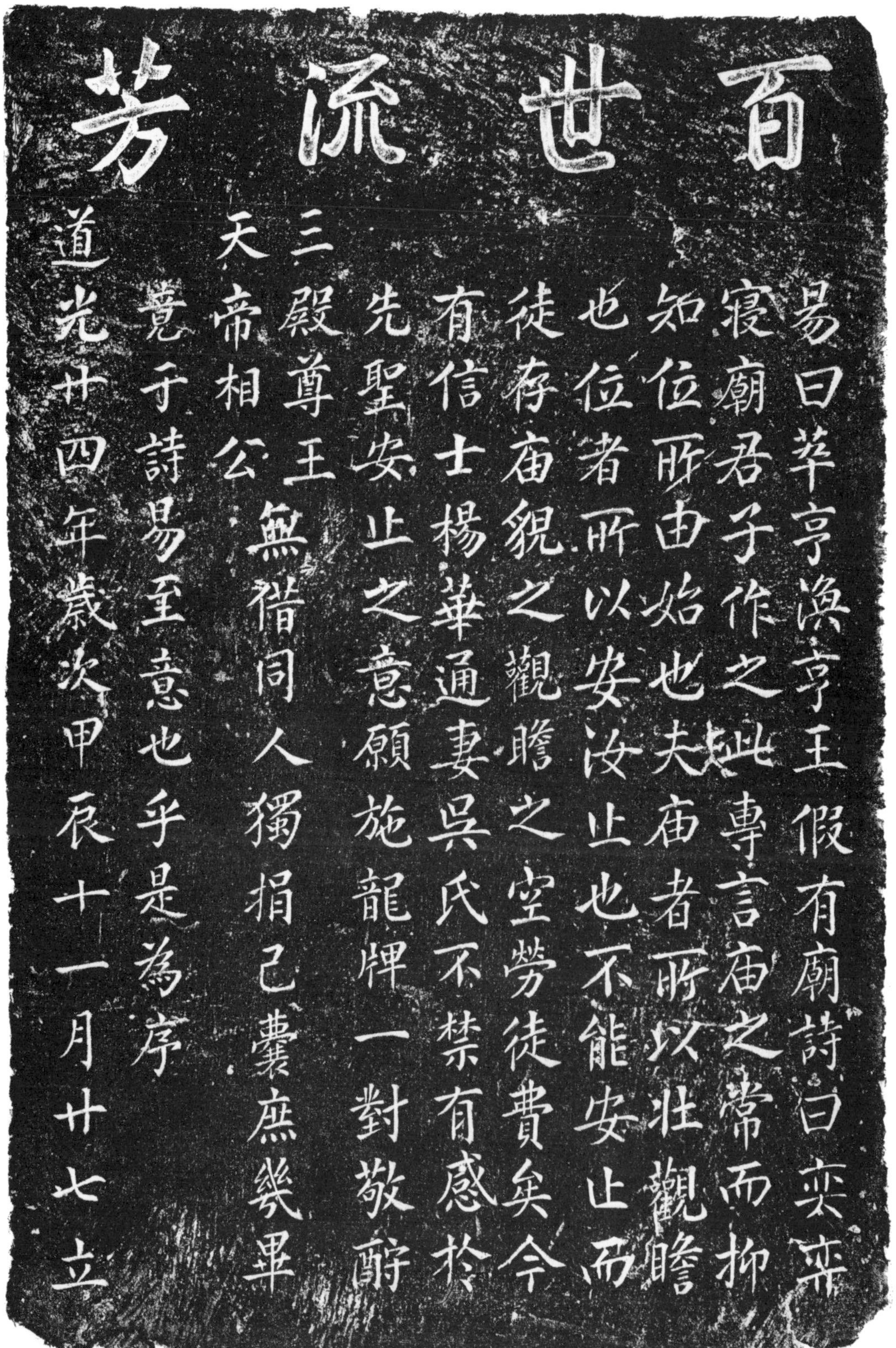

百世流芳

易曰萃亨渙亨王假有廟詩曰奕奕
寢廟君子作之此專言廟之常而抑
知位所由始也夫廟者所以壯觀瞻
也位者所以安汝止也不能安止而
徒存廟貌之觀瞻之空勞徒費矣今
有信士楊華通妻吳氏不禁有感於
先聖安止之意願施龍牌一對敬辭
三殿尊王
天帝相公無稽同人獨捐己囊庶幾畢
覽于詩易至意也乎是為序
道光廿四年歲次甲辰十一月廿七立

杨华通妻吴氏捐龙牌碑

清道光二十四年（1844 年）刻立。碑在良口乡和里村三王宫内。碑额为“百世流芳”，碑名为编者所加。碑高 75 厘米，宽 48 厘米，厚 7 厘米。一面有字，楷书。碑保存完好。

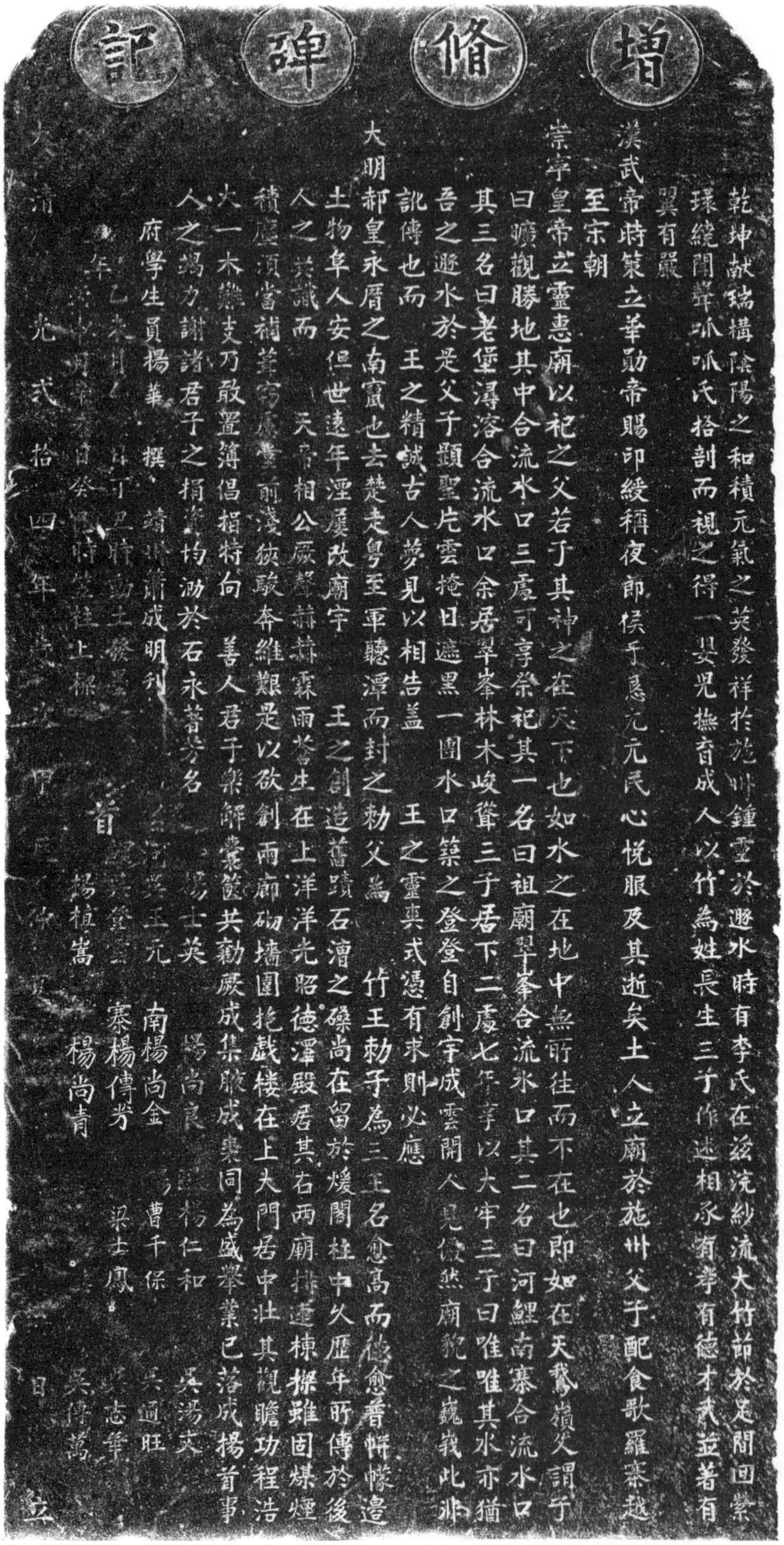

增修碑记

清道光二十四年（1844 年）刻立，府学生员杨华撰文、靖州萧成明刊。碑在良口乡和里村人和桥上。碑高 188 厘米，宽 87 厘米，厚 5 厘米。一面有字，楷书。碑保存较完好，部分字迹有磨损。

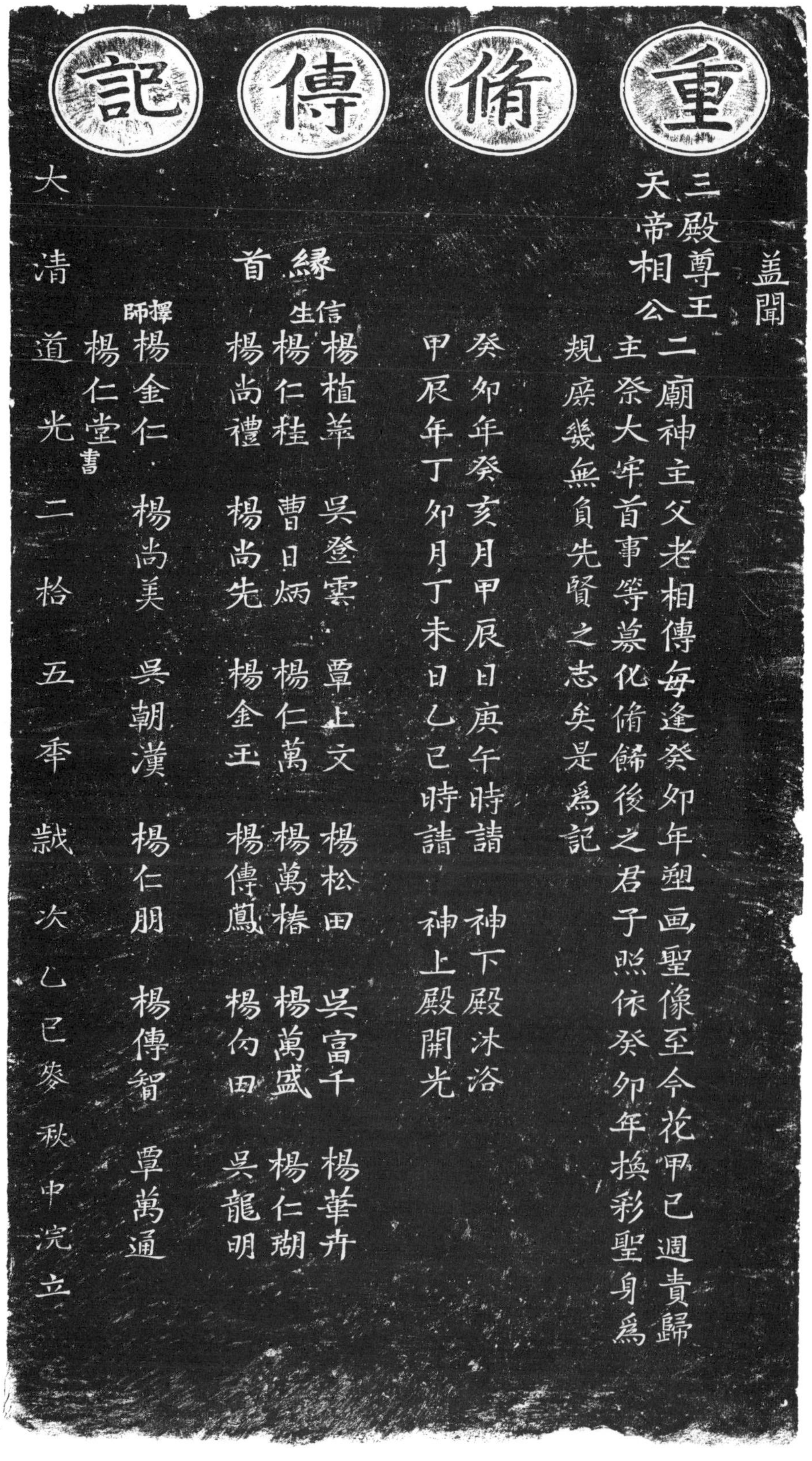

重脩傳記

蓋聞

三殿尊王
二廟神主父老相傳每逢癸夘年塑画聖像至今花甲已週責歸
天帝相公
主祭大牢首事等募化脩飾後之君子照依癸夘年換彩聖身爲
規庲幾無負先賢之志矣是爲記

癸夘年癸亥月甲辰日庚午時請 神下殿沐浴
甲辰年丁夘月丁未日乙巳時請 神上殿開光

緣首

信生 楊植華 吳登雲 覃上文 楊松田 吳富千 楊華卉
楊仁桂 曹日炳 楊仁萬 楊萬椿 楊萬盛 楊仁瑚
楊尚禮 楊尚先 楊金玉 楊傳鳳 楊禸田 吳龍明

擇師 楊金仁 楊尚美 吳朝漢 楊仁朋 楊傳智 覃萬通

楊仁堂書

大清道光二拾五年歲次乙巳孟秋中浣立

重修传记碑

清道光二十五年（1845 年）刻立。碑在良口乡和里村三王宫内。碑高 166 厘米，宽 77 厘米，厚 4 厘米。一面有字，楷书。碑保存较完好。

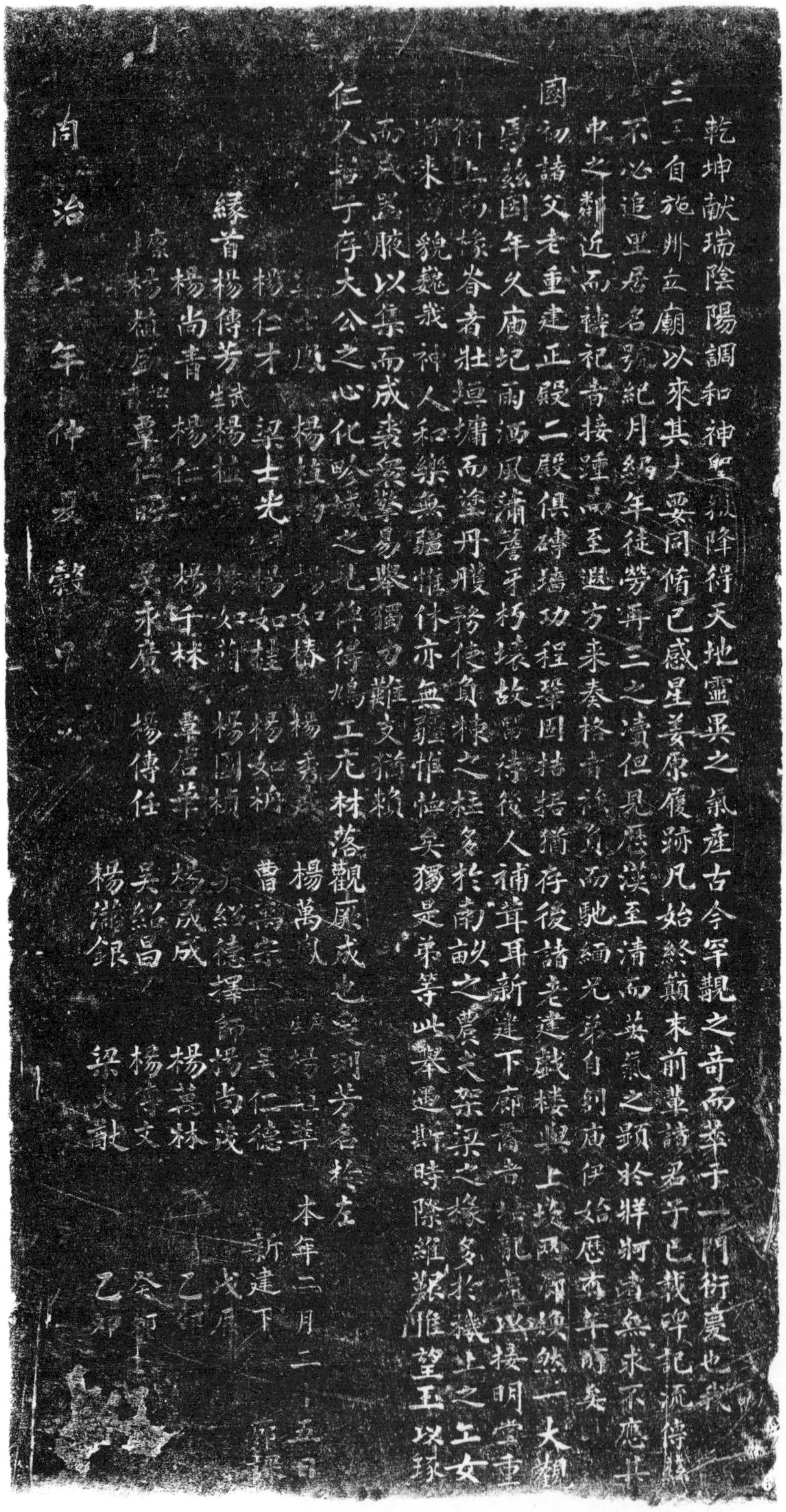
乾坤献瑞陰陽調和神聖挺降得天地靈異之氣産古今罕覯之奇而萃于一門衍慶也我
三王自施州立廟以來其大要同倚已感星姜原履跡凡始終巔末前輩諸君子已載碑記流傳□
不必追叙矣名號紀月紹年徒勞再三之讀但見歷漢至清而英氣之顯於牂牁者無求不應其
中之鄰近而禱祀者接踵而至遐方來奏格者旅負而馳緬□□自創廟伊始歷有年所矣
國初諸父老重建正殿二殿俱磚牆功程犖固括据猶存後諸老建戲樓與上殿兩廂煥然一大觀
厲茲閱年久廟圮雨洒風蒲蘑乎朽壞故留待後人補葺耳新建下廊□音□龍□以接明堂重
衍上而椽眷者壯垣墉而塗丹雘務使負棟之柱多於南畝之農其架梁之椽多於機上之工女
將來□貌巍哉神人和樂無疆惟休亦無疆惟恤矣獨是弟等此舉還斯時際維艱惟望玉琢
而成□腋以集而成裘衆擎易舉獨力難支猶賴
仁人君子存大公之心化畛域之見俾得鳩工庀林落觀厥成也爰列芳名於左
楊□鳳 楊挺□ 楊如椿 楊秀□ 楊萬□ 生員楊□華 本年二月二十五日
楊仁才 梁士光 楊如桂 楊如柄 曹□宗 吳仁德 新建下□
緣首 楊傳芳 武生楊挺□ 楊如荊 楊國楨 □紹德 擇師楊尚浚 戊辰
楊尚青 楊仁□ 楊千林 覃居華 楊晟成 楊萬林 乙卯
□楊植盛 耆□覃任照 吳永廣 楊傳任 吳紹昌 楊守文 癸□
楊鑾銀 梁大猷 乙卯
同治七年仲夏穀旦立

同治重修三王宫碑

清同治七年（1868年）刻立。碑在良口乡和里村人和桥上。原碑无碑额，碑名为编者根据内容所加。碑高135厘米，宽63厘米，厚2.5厘米。一面有字，楷书。碑保存较完好，部分字迹有磨损。

重修井水碑记

清同治十年（1871年）刻立。碑在良口乡南寨村寨贡屯南面井亭旁。碑高81厘米，宽56厘米，厚6.5厘米。一面有字，楷书。碑部分残损。

寨贡梁覃杨吴四姓众议禁约碑

清光绪四年（1878 年）刻立。碑在良口乡南寨村寨贡屯。碑额为“万世永赖”，碑名为编者根据内容所加。碑高 77 厘米，宽 54 厘米，厚 5 厘米。一面有字，楷书。碑局部残损。

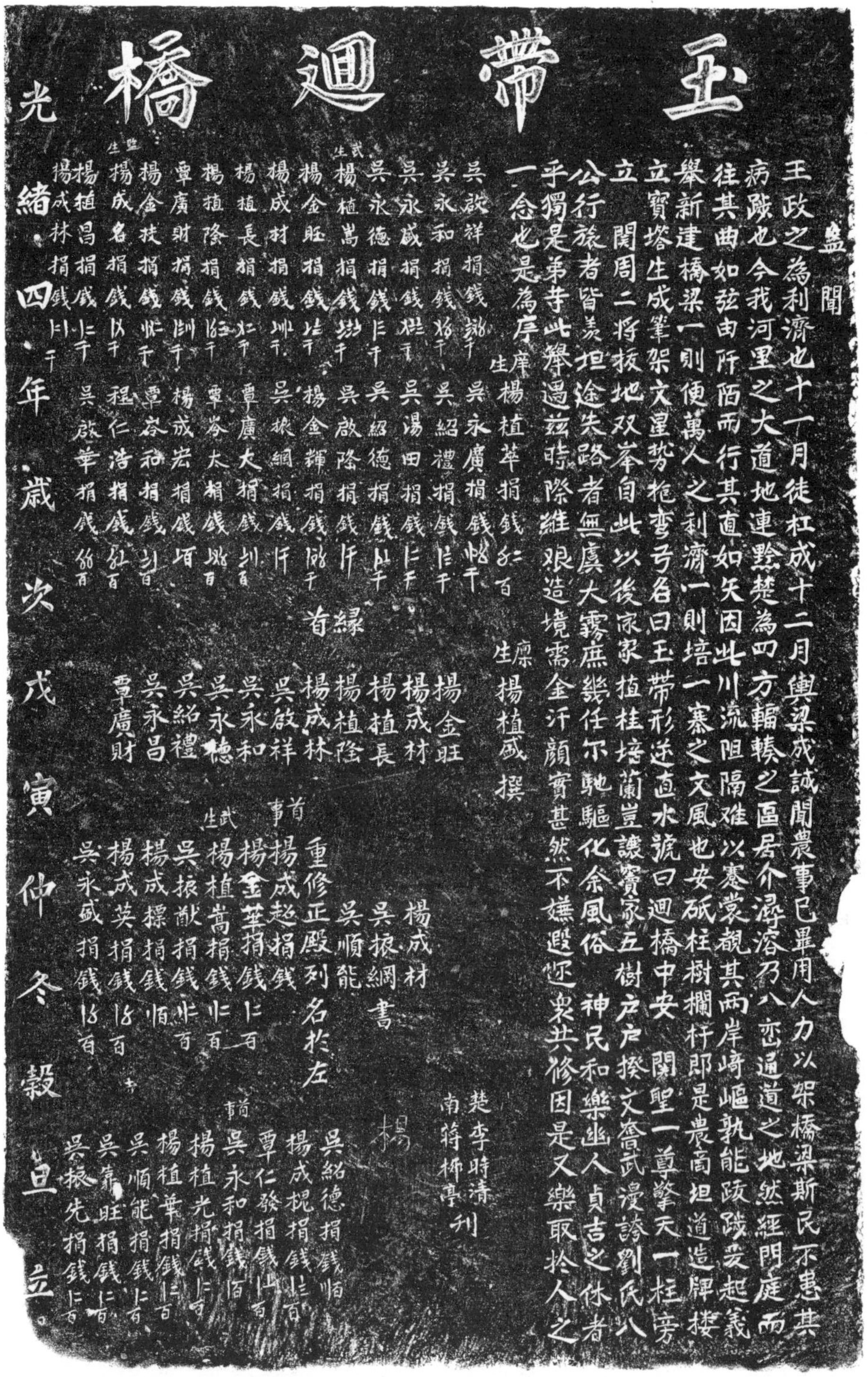

玉带回桥碑序

清光绪四年（1878 年）刻立，廪生杨植盛撰文，楚南李时清、蒋柳亭刊。碑在良口乡和里村欧阳屯玉带桥上。共两通。“玉带回桥”一碑，碑高 133 厘米，宽 83 厘米，厚 4 厘米；一面有字，楷书；碑面有部分污渍。“百世流芳”一碑，碑高 148 厘米，宽 83 厘米，厚 4 厘米；一面有字，楷书；碑保存完好。

据民国《三江县志》卷三《政治・选举》记载，杨植盛为廪生，杨植萃为庠生，杨植嵩为武庠，有“五品军功”。

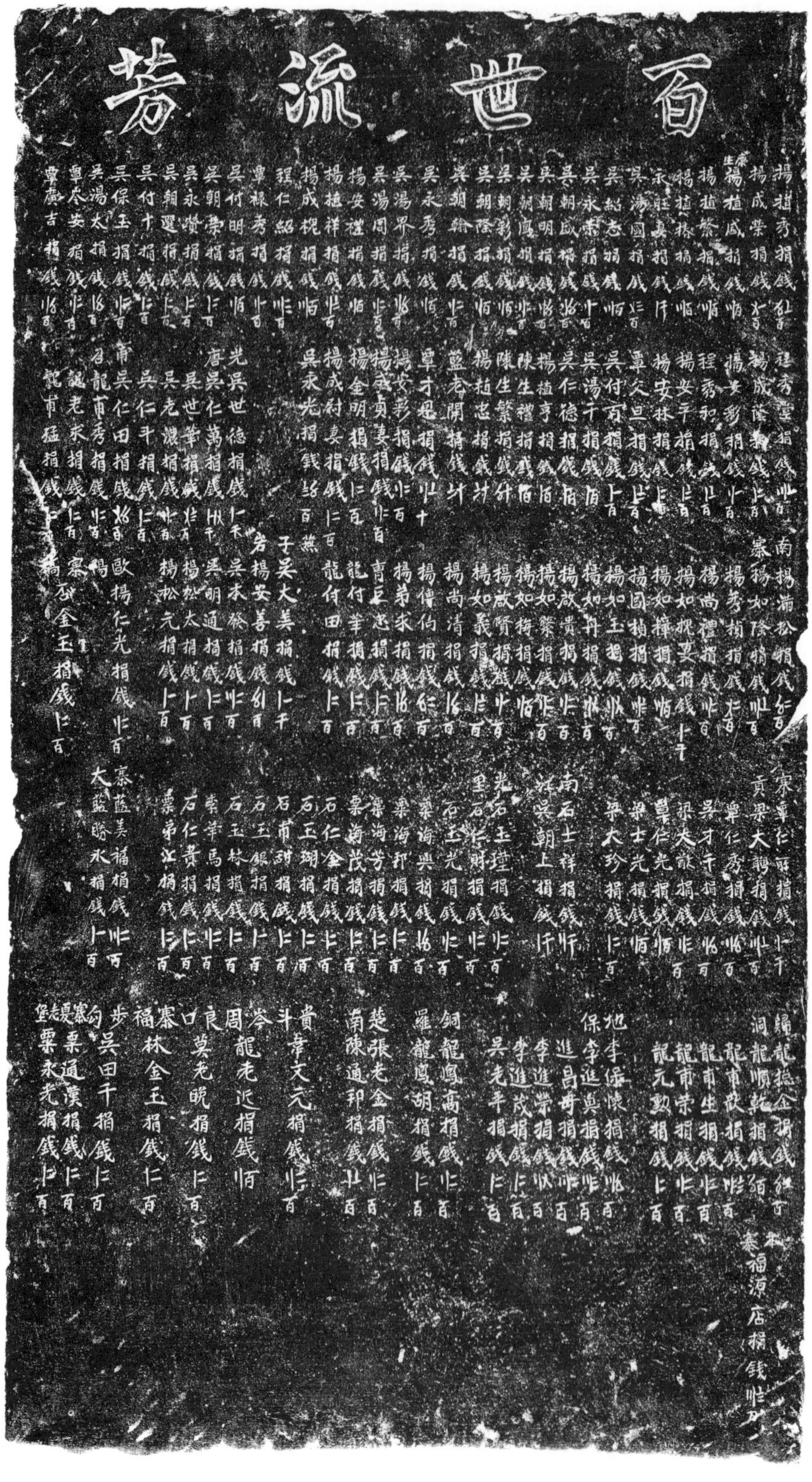
百世流芳

善與人同

老堡塘渡船纪事碑

清光绪七年（1881 年）刻立。碑在良口乡和里村。碑额为“善与人同”，碑名为编者所加。碑高 160 厘米，宽 70 厘米，厚 7 厘米。一面有字，楷书。碑上部分字迹已磨损。

广西巡抚部院示碑

清光绪十五年（1889 年）刻立。碑在良口乡晒江村款坪屯。碑高 166 厘米，宽 95 厘米，厚 6 厘米。一面有字，楷书。碑已断成两截，部分字迹有磨损，难以辨识。

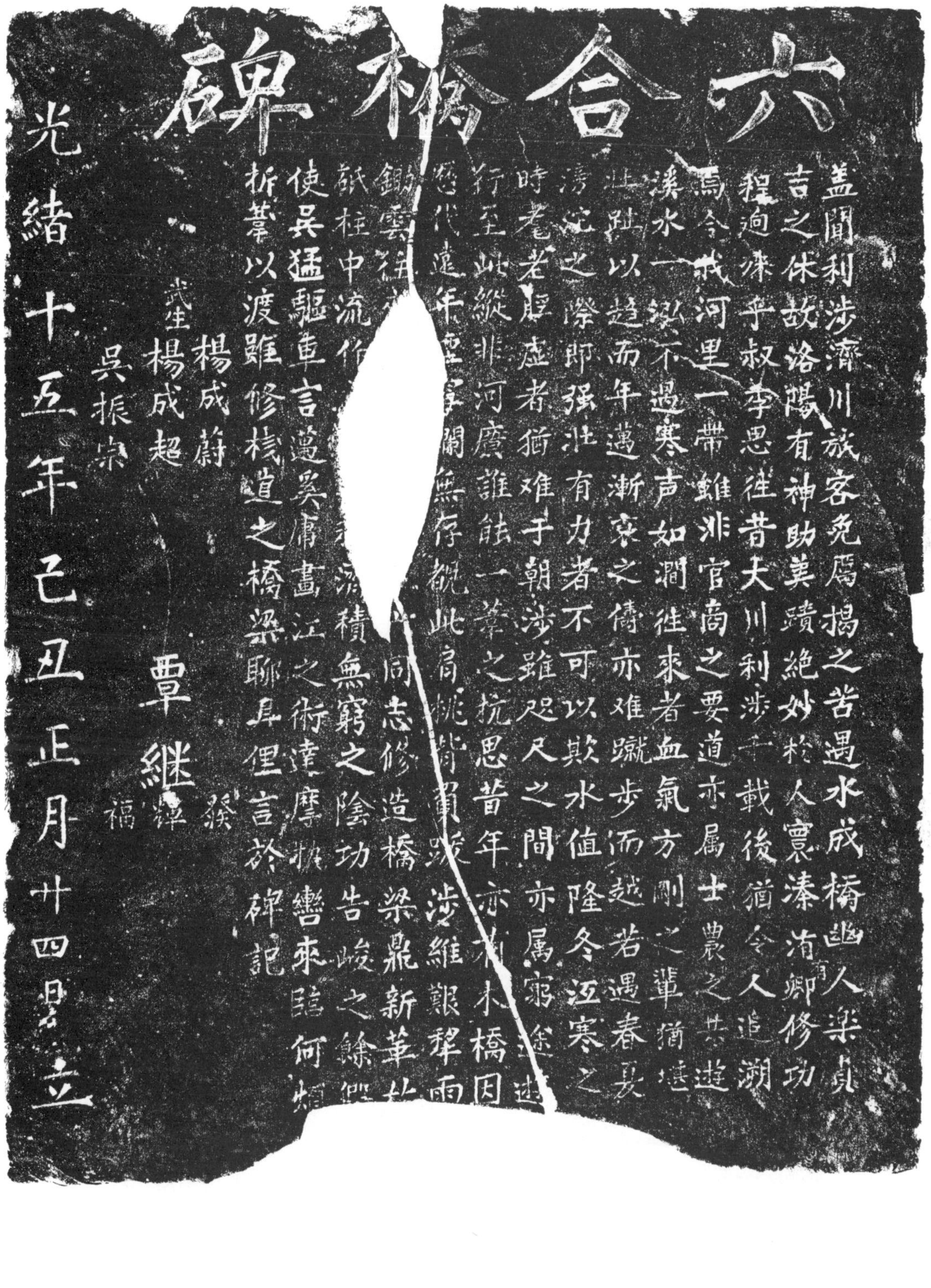

六合桥碑

清光绪十五年(1889年)刻立。碑在良口乡和里村和里屯竹王宫内。碑高67厘米，宽52厘米，厚4.5厘米。一面有字，楷书。碑已断成两截并缺损。

民国《三江县志》卷三《政治·选举》记载，碑中所提杨成超为和里乡人。

竊惟功補生成萬古食馨香之報澤流遐邇千秋作保障之神固宜崇廟貌以壯英靈
薦犧牲而隆祀事也湖我河里南寨之有
聖廟尊神威靈顯爍惠澤覃敷實千秋之福主乃四民所欽崇爰考 三王之發祥也
昉於漢代肇施州之遐水應時而挺 竹君繼姜嫄之奇跡迄誕而生三子精忠事漢
封夜郎侯歿後聖顯於明復蒙 帝勅封爲 三王配竹君而同歆血食鎮黔粵而澤
被生民至若 天帝相公鍾於三代秉直効忠仰高王之冢宰捐軀報國受周勅之追
封綜企神恩皆能庇蔭羣黎貽庥百世非補生成而遐邇沐澤歟某等稽諸往跡創自
前明原有正宮兩座共屬房廊頭門戲樹百堵咸周自昔以來屢經修葺規模宏厰殿
宇巍峩但以閱歷彌深漸凋殘於蟻蠹堂榱傾仄衆目繫而感傷緣今春介壽之期少
長咸集承諸父老僉議從新鼎建址仍舊基莫不同聲相應解囊樂輸奈鳩工庀材一
木難支大厦因資各處隨緣庶衆擎其易舉急公好義望慷慨於同人集腋成裘自觀
瞻之大壯則英靈有托功果非虛恭引

緣首
壽員楊金旺 吳紹德 吳振純 楊國振 新建正殿日課豎柱上樑
吳永和 梁大秀 楊晟爽 梁大榮 覃興績 丁亥丁未辛卯辛卯
楊如檍 壽員楊國楨 梁大鵬 壽員楊國泰 楊秀德 陞殿課癸丑辛卯日
楊傳義 壽員楊榮槐 覃仁發 楊國聘 覃興林 樑梁大盛
壽員楊植長 庠生楊秀芝 監生楊成名 楊晟檻 楊代芬 師吳永輝

光緒貳拾壹年歲次乙未二月吉旦 立
靖州蕭德謙刊

光绪重修三王宫碑

清光绪二十一年（1895 年）刻立，佚名撰文，靖州萧德谦刊。碑在良口乡和里村三王宫内碑廊。原碑无碑额，碑名为编者根据内容所加。碑高 141 厘米，宽 71 厘米。一面有字，楷书。碑保存较完好。

重修竹王宫碑序

年款已残缺，吴顺能撰文，靖州萧德谦刊。碑在良口乡和里村竹王宫外碑廊。碑额缺失，碑名为编者根据内容所加。碑高 64 厘米，宽 60 厘米。一面有字，楷书。碑已残损。

在竹王宫外碑廊，有一通 2011 年重刻的《竹王宫序》，内容与《重修竹王宫碑序》一致，是和里村吴天云根据村中老人回忆原碑内容后增补缺失文字所立。由此得知原碑于清光绪二十七年（1901 年）置立。

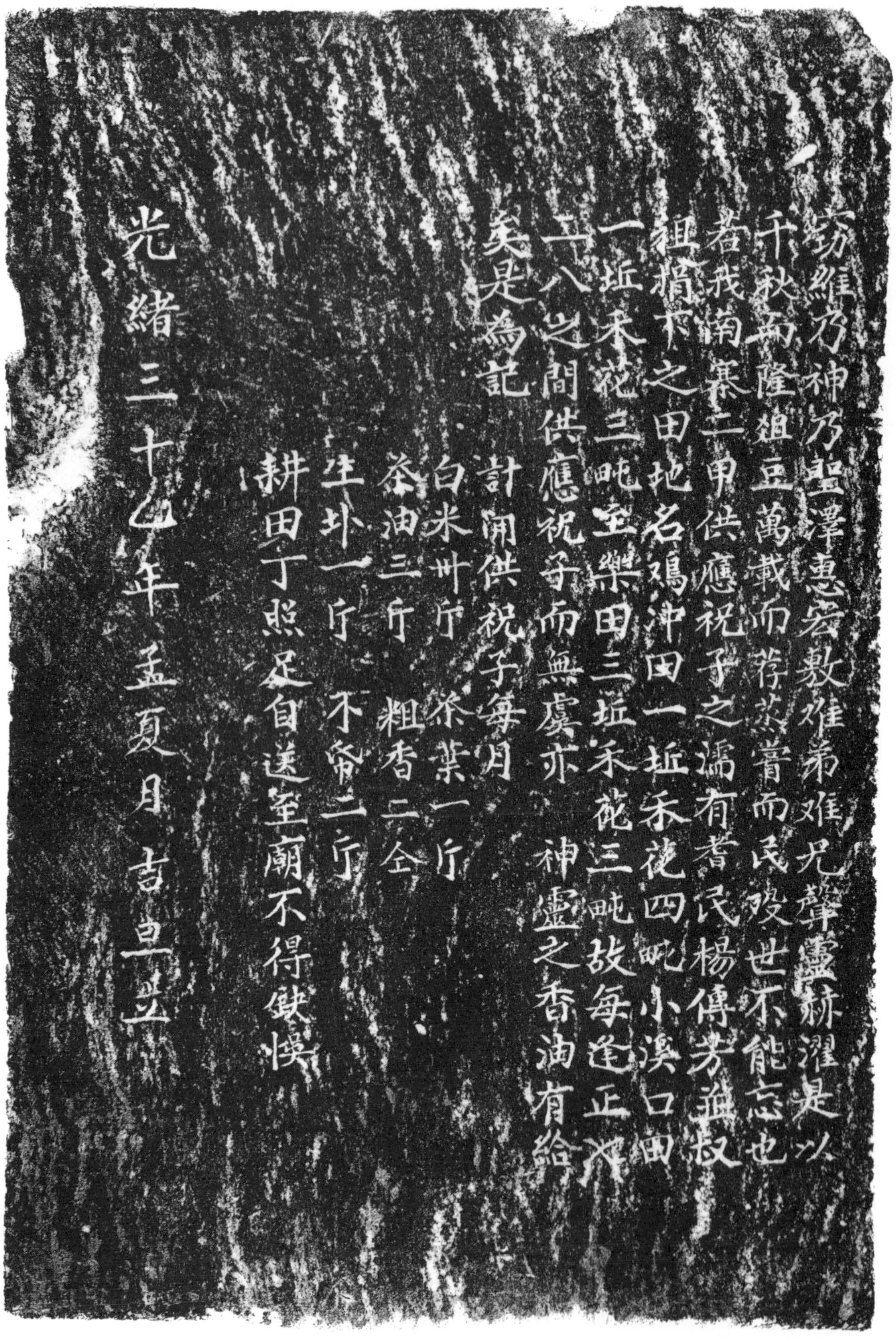

南寨村杨传芳等捐田碑

清光绪三十一年（1905 年）刻立。碑在良口乡南寨村乐善寺内。原碑无碑额，碑名为编者根据内容所加。碑高 67 厘米，宽 42.5 厘米，厚 6 厘米。一面有字，楷书。碑保存较完好。

现存于和里村人和桥上的清道光二十四年（1844 年）《增修碑记》和同治七年（1868 年）《同治重修三王宫碑记》的“缘首”名单中，杨传芳名列其中。

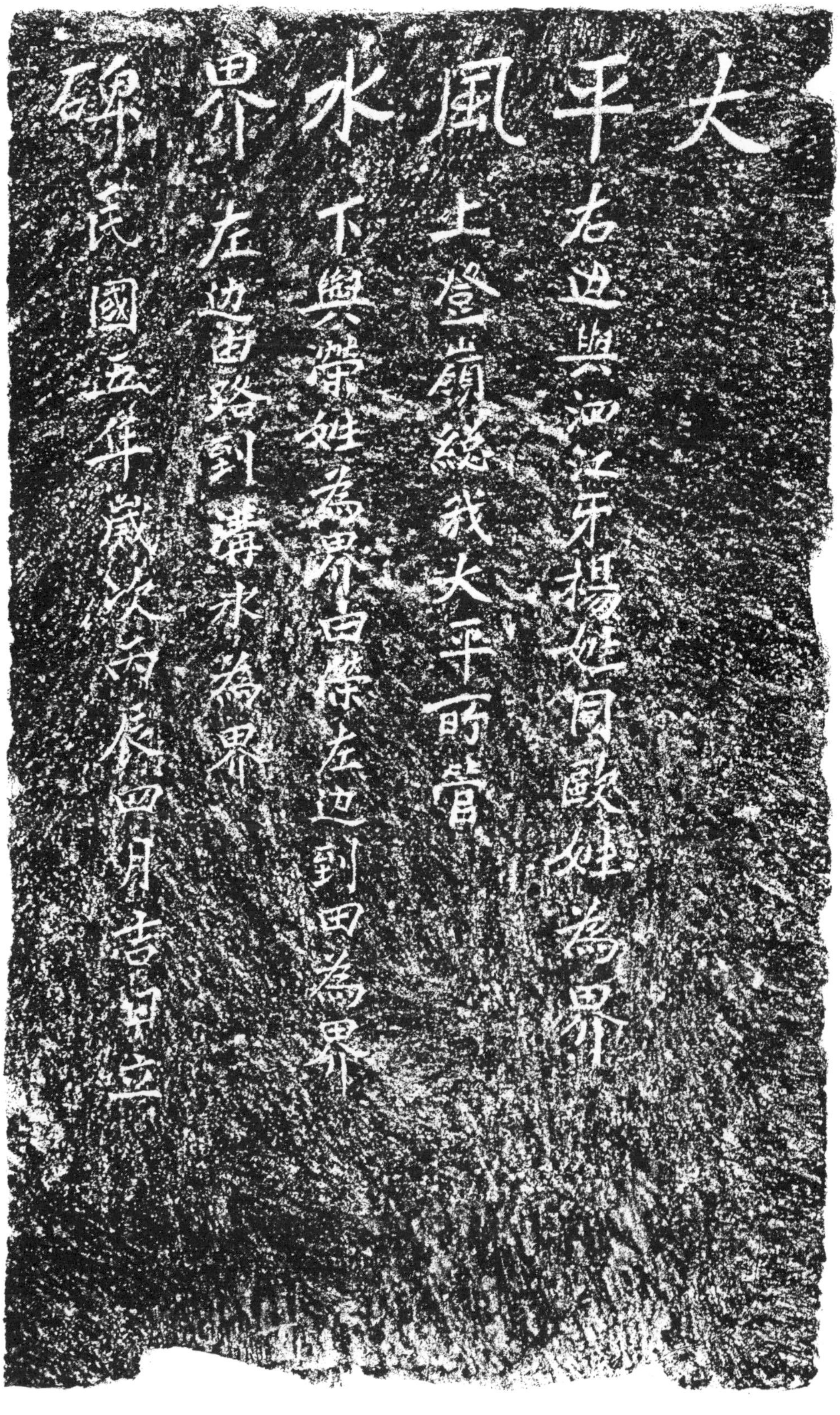

大平风水界碑

民国五年（1916 年）刻立。碑现藏于良口乡和里村欧阳屯杨氏宗祠内。碑高 115 厘米，宽 39 厘米，厚 6 厘米。一面有字，楷书。碑保存较完好。

夫慈悲救苦觀音者乃係皇家宮主之身富貴榮華不要甘心受苦修行父王千磨萬考始終不二其心是大慈大悲之功大永鎮南海為尊靈感救苦救難善男信女沾恩欲渡衆生出海法船普天遊行蓋因三期劫至欲救劫而未由乃於民國乙未年十月十三夜降神賜夢於善士楊有崇則曰吾係觀音大士欲入此處建一祠並指名為首理殊此處之田仍未定奪故又託夢於田主是衆首事依其夢示之意入勝地而觀米然神廟之場又有方石一塊儼然殿宇情形知聖神愛此地焉爰立乙山辛向辛邠辛酉分金代巨石以闢基墳畝址以坦地搆材木之勝用運磚瓦之維勤歲月遷延寒暑不辭無奈此舉遇斯時際維艱且賴好善諸公廣施樂助俾集腋以成裘必衆擎而易舉遂擇庚申年十月初七日未時建造此祠雖非若西方金色世界琉璃作瓦金沙佈地然規模宏嚴殿宇巍峩俾善男信女觀象而目擊驚心庶幾改惡從善焉今正殿告竣更議重修左右前面之間造廢廊以接明堂培龍虎之應護建頭門而横案對証山水之朝揖茲命序於余本才疎學淺因受諸公之託且喜以後成真不用白雲觀裏從茲訪道何須黄鶴樓頭噫若大乾坤應有知音之客知斯世界豈無見性之人聊染翰而暢言遂無心以成序

楊有慶　楊有成　楊代嵬　楊文德　楊方南　楊文富　楊國基　楊有祥

楊國會　楊有仲　梁林超　覃德昭　吴雲廣　楊代華　楊國林　楊有汪　蒙成德

首 楊有功　楊有楨　覃道美　楊世芳　楊有樑　歐必興

楊秀宣　楊有常　楊文甫　吴錦珍　楊登華　覃德忠　楊陞生

楊秀昌　覃榮槃　楊文贊

民國十年歲次辛酉二月吉旦清府學增生侯維翰沐拜撰　李成發刊

杨有庆等捐修寺庙碑

民国十年（1921 年）刻立，侯维翰撰文、李成发刊。碑在良口乡南寨村乐善寺内。原碑无碑额，碑名为编者根据内容所加。碑高 120 厘米，宽 72 厘米，厚 5 厘米。一面有字，楷书。碑保存完好。

据民国《三江县志》卷三《政治·选举》记载，侯维翰为同乐乡高武村人。另据《同乐苗族乡志》编纂委员会编《同乐苗族乡志》（中央民族学院出版社，1993 年 9 月）记载："侯维翰，是同乐乡高武村人（生卒年不详），清朝贡生。参加府试取得贡生后，于高武村开设私塾，由于教育有方，吸引了四方学子。他开私塾 20 年，为本乡和外地培养无数子弟，是同乐乡第一个文化播种人，也是侗、苗民族较大面积地学习汉族文化的开端。"

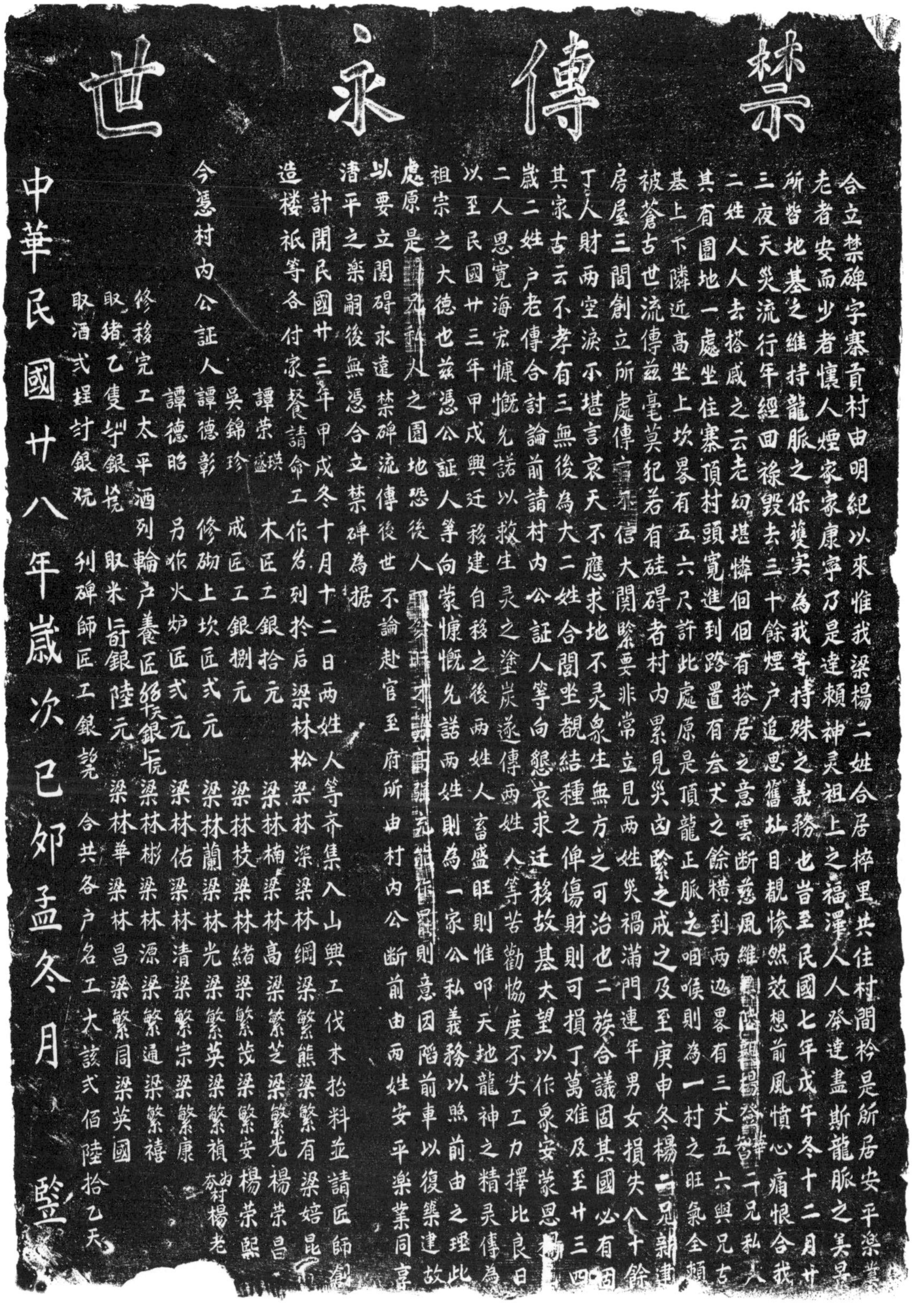
禁傳永世
合立禁碑字寨貢村由明紀以來惟我梁楊二姓合居梓里共住村閭矜是所居安平樂業
老者安而少者懷人煙家家康寧乃是達賴神灵祖上之福澤人人發達盡斯龍脈之美景
所皆地基之維持龍脈之保獲实為我等持殊之義務也峕至民國七年戊午冬十二月廿
三夜天災流行年經回祿毀去三十餘煙户追思舊址目覩惨然效想前風憤心痛恨合我
二姓人人去搭咸之云老幼堪憐佪佪有搭居之意雲斷慈風維[illegible]二兄私人
其有園地一處坐住寨頂村頭寬進到路置有叁丈之餘横到兩邊畧有三丈五六與兄古
基上下隣近高坐上坎畧有五六尺許此處原是頂龍正脈之咽喉則為一村之旺氣全賴
被蒼古世流傳茲毫莫犯若有硅碍者村内累見災凶繄之戒之及至庚申冬楊二兄新建
房屋三間創立所處傳言[illegible]信大閧繄要非常立見兩姓災禍滿門連年男女損失八十餘
丁人財兩空淚不堪言哀天不應求地不灵衆生無方之可治也二族合議固其國必有[illegible]
其家古云不孝有三無後為大二姓合閭坐覩結種之俾傷財則可損丁萬难及至廿三四
歲二姓户老傳合討論前請村内公証人等向懇哀求迁移故基大望以作衆安蒙恩楊[illegible]
二人恩寬海宏慷慨允諾以救生灵之塗炭遂傳兩姓人等苦勸協度不失工力擇比良日
以至民國廿三年甲戌興迁移建自移之後兩姓人畜盛旺則惟叩天地龍神之精灵傳為
祖宗之大德也茲憑公証人等向蒙慷慨允諾兩姓則為一家公私義務以照前由之理此
處原是[illegible]之園地恐後人[illegible]則意因陷前車以復築建故
以要立閑碍永遠禁碑流傳後世不論赴官至府所由村内公斷前由兩姓安平樂業同享
清平之樂嗣後無憑合立禁碑為据
計開民國廿三年甲戌冬十月十二日兩姓人等齐集入山興工伐木抬料並請匠師創
造楼祇等各付家餐請命工作名列於后梁林松梁林深梁林綱梁繁熊梁繁有梁焙昆
譚荣盛璜 木匠工銀拾元 梁林楠梁林高梁繁芝梁繁光楊荣昌
吴錦珍 成匠工銀捌元 梁林枝梁林緒梁繁茂梁繁安楊荣熙
今憑村内公証人譚德彰 修砌上坎匠式元 梁林蘭梁林光梁繁英梁繁禎[illegible]楊老
譚德昭 另亦火炉匠式元 梁林佑梁林清梁繁宗梁繁康
修移完工太平酒列輪户養匠[illegible]銀[illegible] 梁林彬梁林源梁繁通梁繁禧
取猪乙隻計銀[illegible] 取米[illegible]銀陸元 梁林華梁林昌梁繁同梁英國
取酒式程計銀[illegible] 利碑師匠工銀[illegible] 合共各户名工大該式佰陸拾乙天
中華民國廿八年歲次己卯孟冬月豎

寨贡梁杨二姓合立禁碑

民国二十八年（1939 年）刻立。碑在良口乡南寨村寨贡屯梁氏宗祠内。碑额为“禁传永世”，碑名为编者根据内容所加。碑高 90 厘米，宽 70 厘米，厚 5 厘米。一面有字，楷书。部分字迹遭人为涂抹。

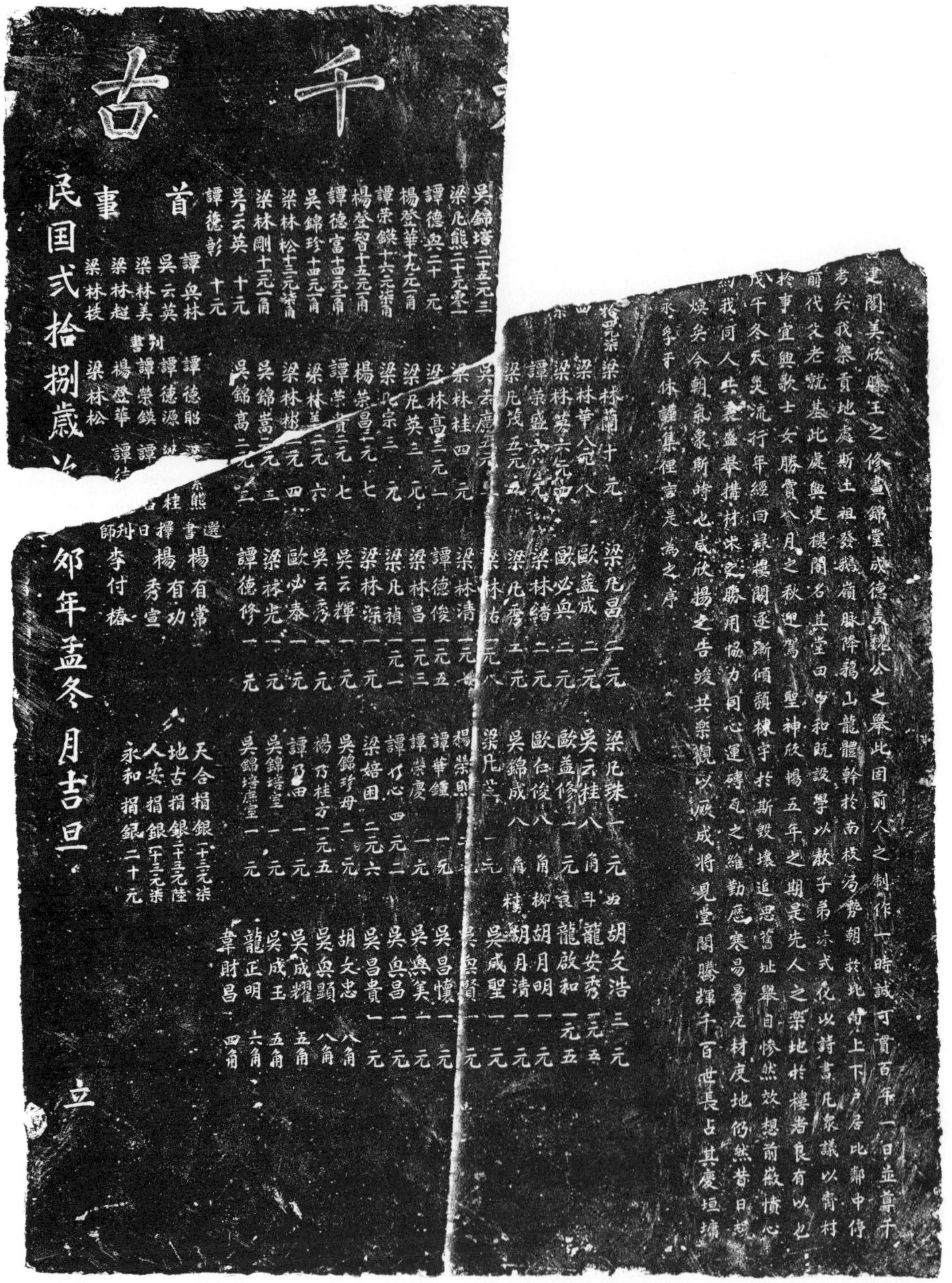

重修寨贡中和堂碑

民国二十八年（1939 年）刻立。碑在良口乡南寨村。碑额为“□□千古”，碑名为编者根据内容所加。碑高 150 厘米，宽 98.5 厘米，厚 5 厘米。一面有字，楷书。碑已残损，仅余 3 截。

良口乡南寨村中和堂，民国二十八年重修。现年 77 岁的南寨村村民梁英堂在 21 世纪初石碑断裂后，曾抄录碑文。2014 年，南寨村根据梁英堂抄录的碑文重刻新碑立于中和堂内。

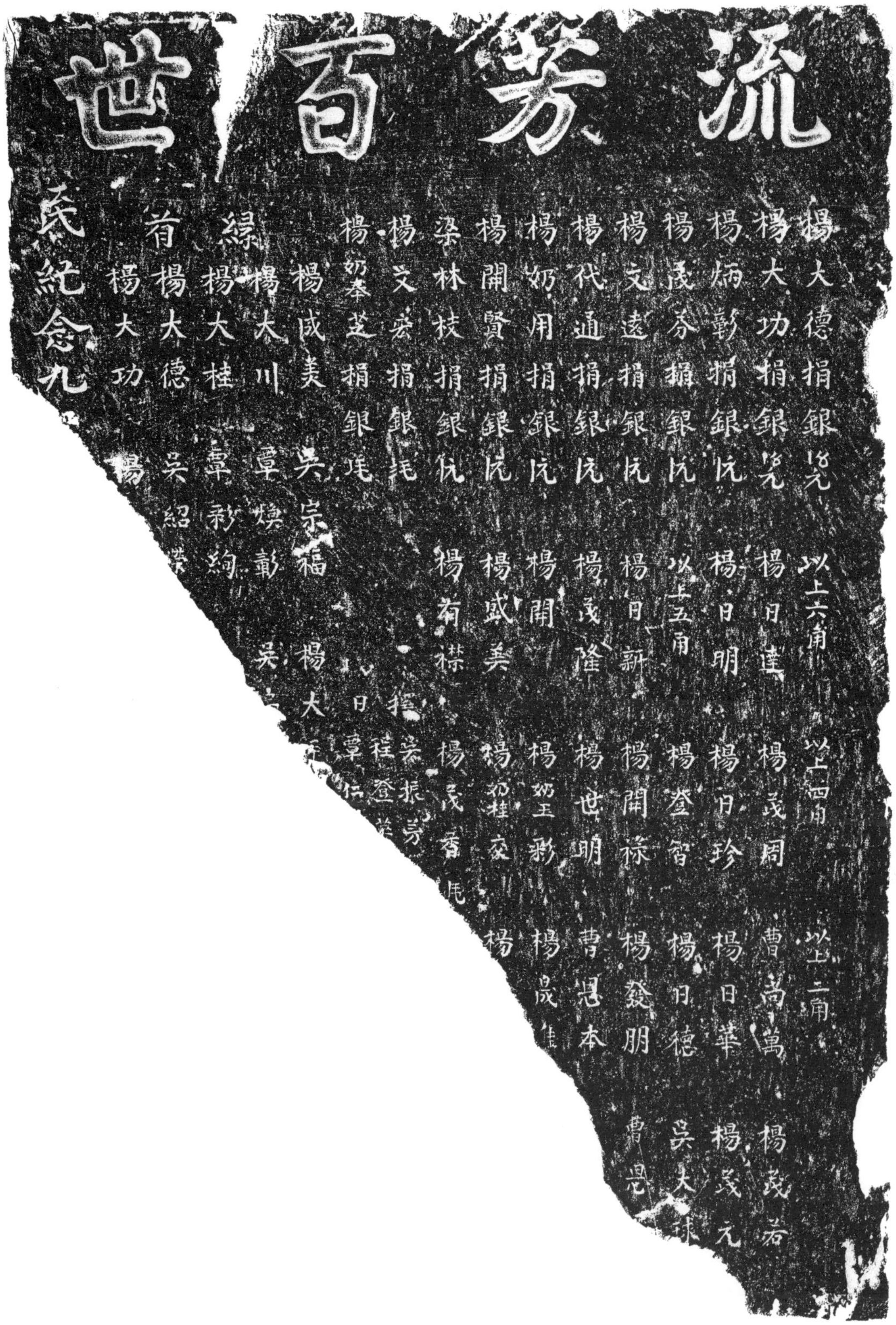

杨大德等捐资芳名碑

民国二十九年（1940年）刻立。碑在良口乡和里村和里屯竹王宫。碑额为“流芳百世”，碑名为编者根据内容所加。碑高83厘米，宽55厘米，厚3.5厘米。一面有字，楷书。碑已残损。

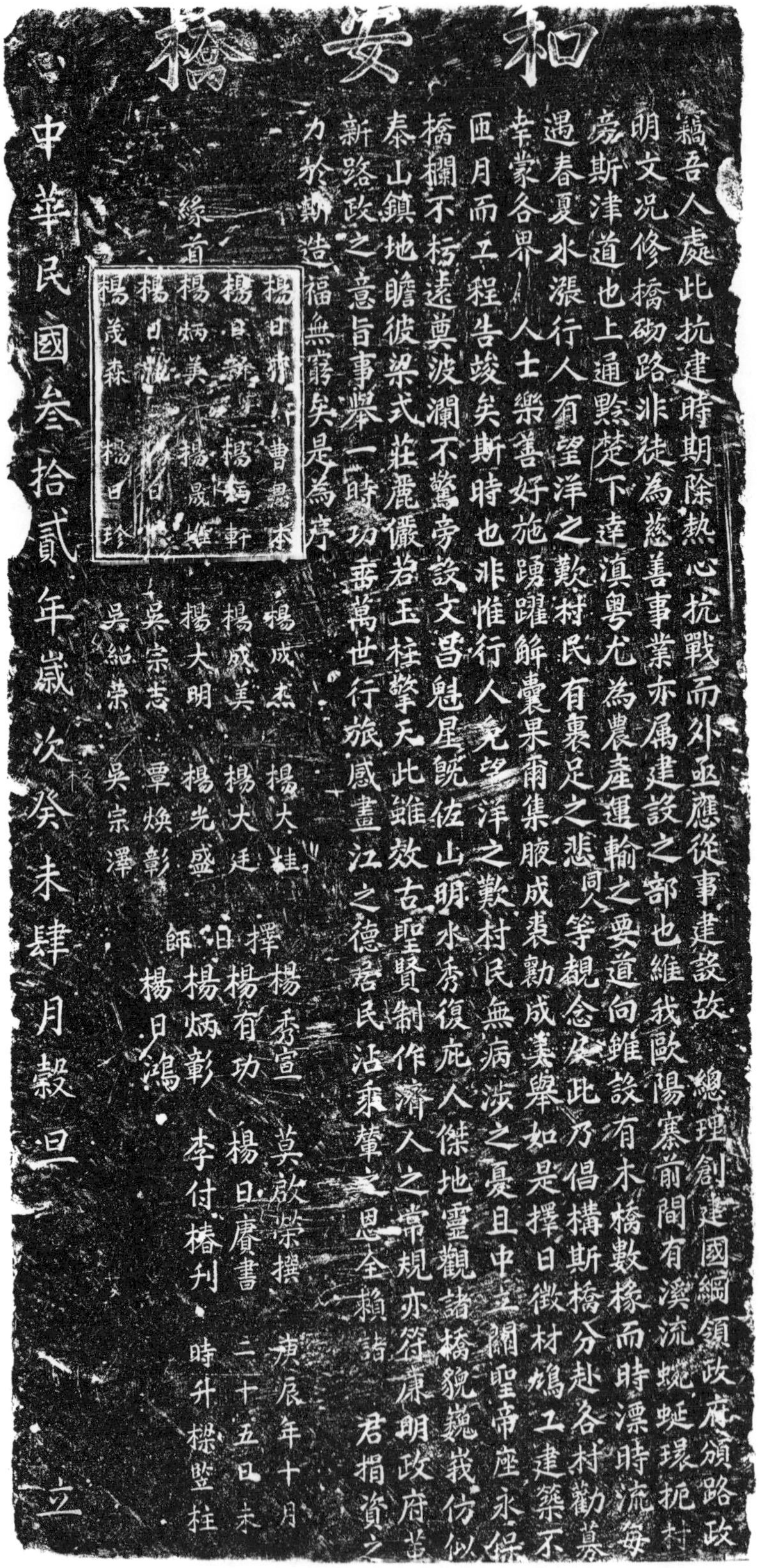

和安桥碑

民国三十二年（1943 年）刻立，莫启荣撰文，杨日庚书，李付椿刊。碑在良口乡和里村欧阳屯和安桥上。碑高 112.5 厘米，宽 52.5 厘米，厚 3.5 厘米。一面有字，楷书。碑保存较完好。

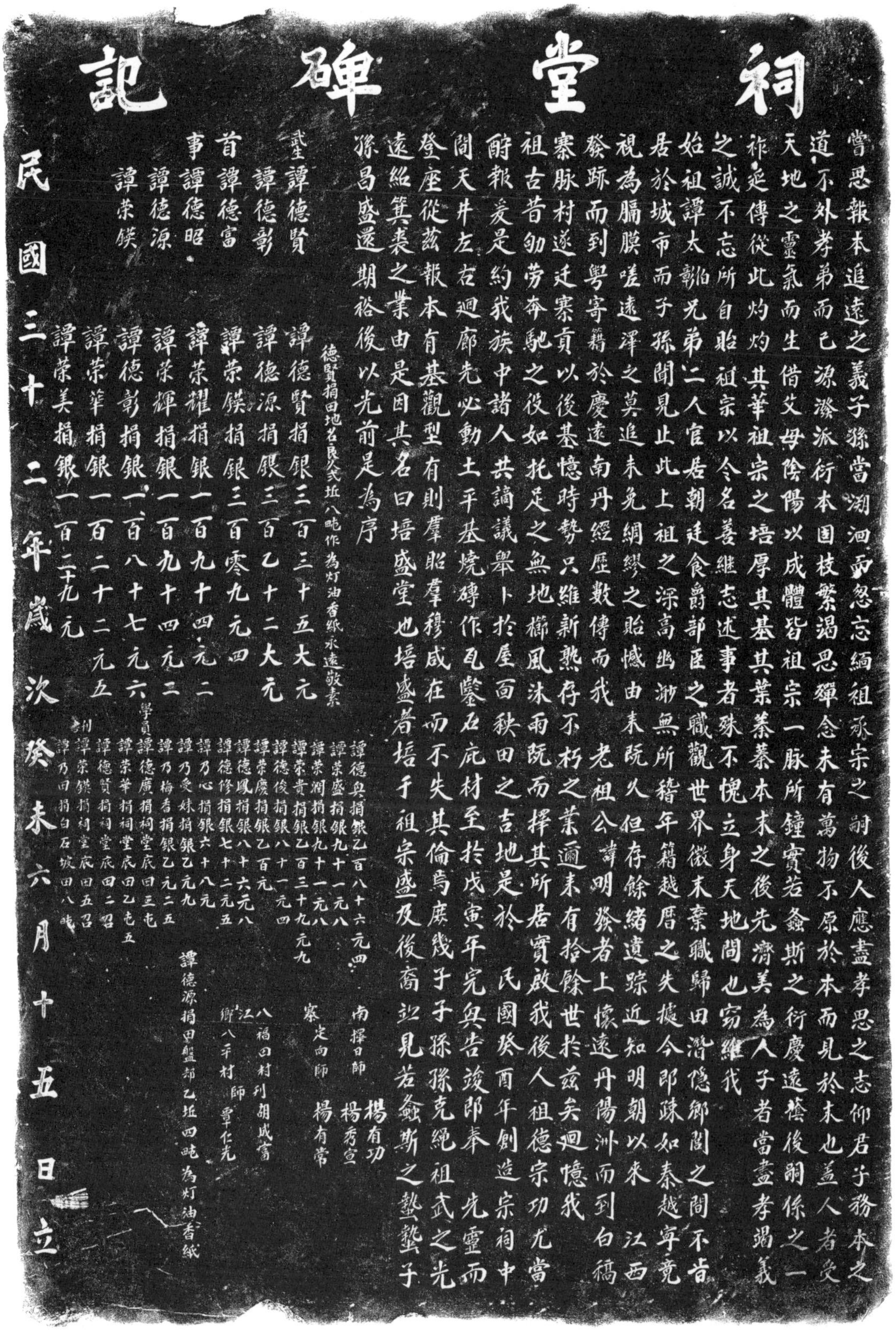
祠堂碑記

嘗思報本追遠之義子孫當溯洄而忍忘緬祖承宗之嗣後人應盡孝思之志仰君子務本之道不外孝弟而已源潑派衍本固枝繁渴思殫念未有萬物不原於本而見於末也蓋人者受天地之靈氣而生借父母陰陽以成體皆祖宗一脉所鍾實若螽斯之衍慶遠蔭後嗣係之一祚延傳從此灼灼其華祖宗之培厚其基其業綦綦本末之後先濟美為人子者當盡孝竭義之誠不忘所自貽祖宗以令名善繼志述事者殊不愧立身天地間也竊維我始祖譚太鵬兄弟二人官居朝廷食爵部臣之職觀世界徽末棄職歸田潛隱鄉閭之間不旹居於城市而子孫聞見止此上祖之深高幽渺無所稽年籍越厝之失據今郎踈知秦越寧竟視為膈膜嗟遠澤之莫追未免綢繆之貽憾由來既久但存餘緒遺踪近知明朝以來江西發跡而到粵寄籍於慶遠南丹經歷數傳而我老祖公諱明發者上懷遠丹陽洲而到白稿寨脉村遂迁寨貢以後基憶時勢只維新熟存不朽之業迺來有拾餘世於茲矣迴憶我祖古昔劬劳奔馳之役如抚足之無地櫛風沐雨既而擇其所居實啟我後人祖德宗功尤當酧報爰是約我族中諸人共謫議舉卜於屋面秋田之吉地是於民國癸酉年創造宗祠中間天井左右迴廊先必動土平基燒磚作瓦鑿石庇材至於戊寅年完與告竣郎奉先靈而登座從茲報本有基觀型有則羣昭羣穆咸在而不失其倫焉庶幾子子孫孫克繩祖武之光遠紹箕裘之業由是因其名曰培盛堂也培盛者培于祖宗盛及後裔並見若螽斯之蟄蟄子孫昌盛還期裕後以光前是為序

德賢捐田地名良父弍坵八畈作為灯油香紙永遠敬素

譚德賢捐銀三百三十五大元
譚德源捐銀三百乙十二大元
譚荣鍭捐銀三百零九元四
譚荣耀捐銀一百九十四元二
譚荣輝捐銀一百九十四元二
譚德彰捐銀一百八十七元六
譚荣華捐銀一百二十二元五
譚荣美捐銀一百二十九元

武生譚德賢
譚德彰
首譚德富
事譚德昭
譚德源
譚荣鍭

譚德典捐銀乙百八十六元四
譚荣盛捐銀九十一元八
譚荣潤捐銀九十一元八
譚荣貴捐銀乙百三十九元九
譚德俊捐銀八十一元四
譚荣慶捐銀乙百元
譚德鳳捐銀八十六元八
譚德修捐銀七十二元五
譚乃心捐銀六十八元
譚乃愛妹捐銀乙元九
譚乃梅香捐銀乙元二五
學員譚德廣捐祠堂底田三屯
譚荣華捐祠堂底田乙屯五
譚德賢捐祠堂底田二召
刋譚荣鍭捐祠堂底田五召
譚乃田捐白石坡田八畈

南擇日師 楊有功
楊秀宣
寨定向師 楊有常
八福田村刊 胡咸富
江鄉八平村師 覃仁光
譚德源捐田盤部乙坵四畈為灯油香紙

民國三十二年歲次癸未六月十五日立

祠堂碑记

民国三十二年（1943 年）刻立。碑在良口乡南寨村谭氏宗祠内。碑高 140 厘米，宽 90 厘米，厚 6.5 厘米。一面有字，楷书。碑保存较完好。

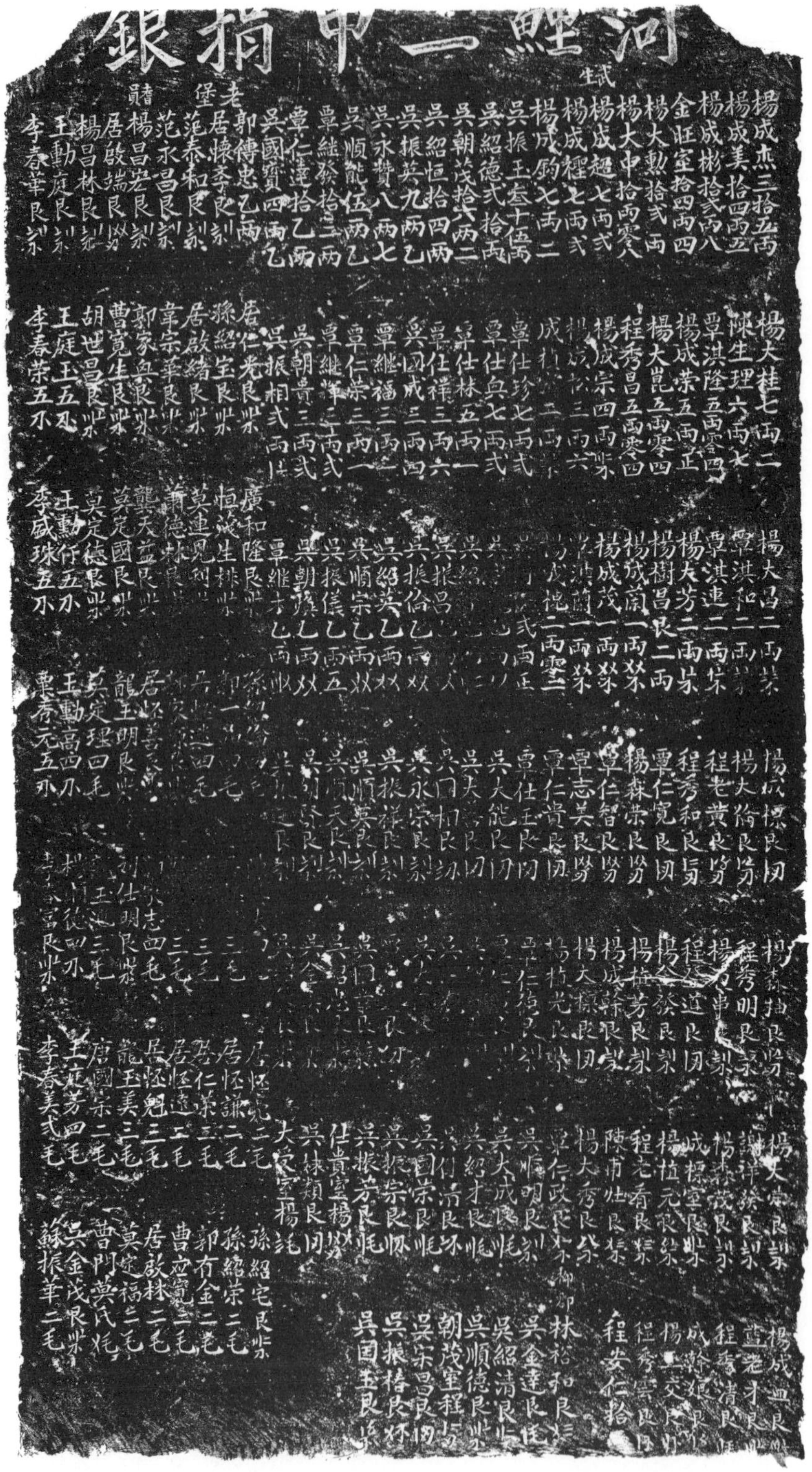

河鲤二甲杨成杰等捐银碑

无年款。碑在良口乡和里村人和桥上。碑额为“河鲤二甲捐银”，碑名为编者根据内容所加。碑高 123 厘米，宽 67 厘米。一面有字，楷书。碑已残损，部分字迹磨损，无法辨识。

河里欧阳杨成杰等捐资芳名碑

无年款。碑在良口乡南寨村文峰塔下。碑额为“河里欧阳”，碑名为编者根据内容所加。碑高110厘米，宽73厘米，厚3.5厘米。一面有字，楷书。碑已自然风化，大部分字迹无法辨识。

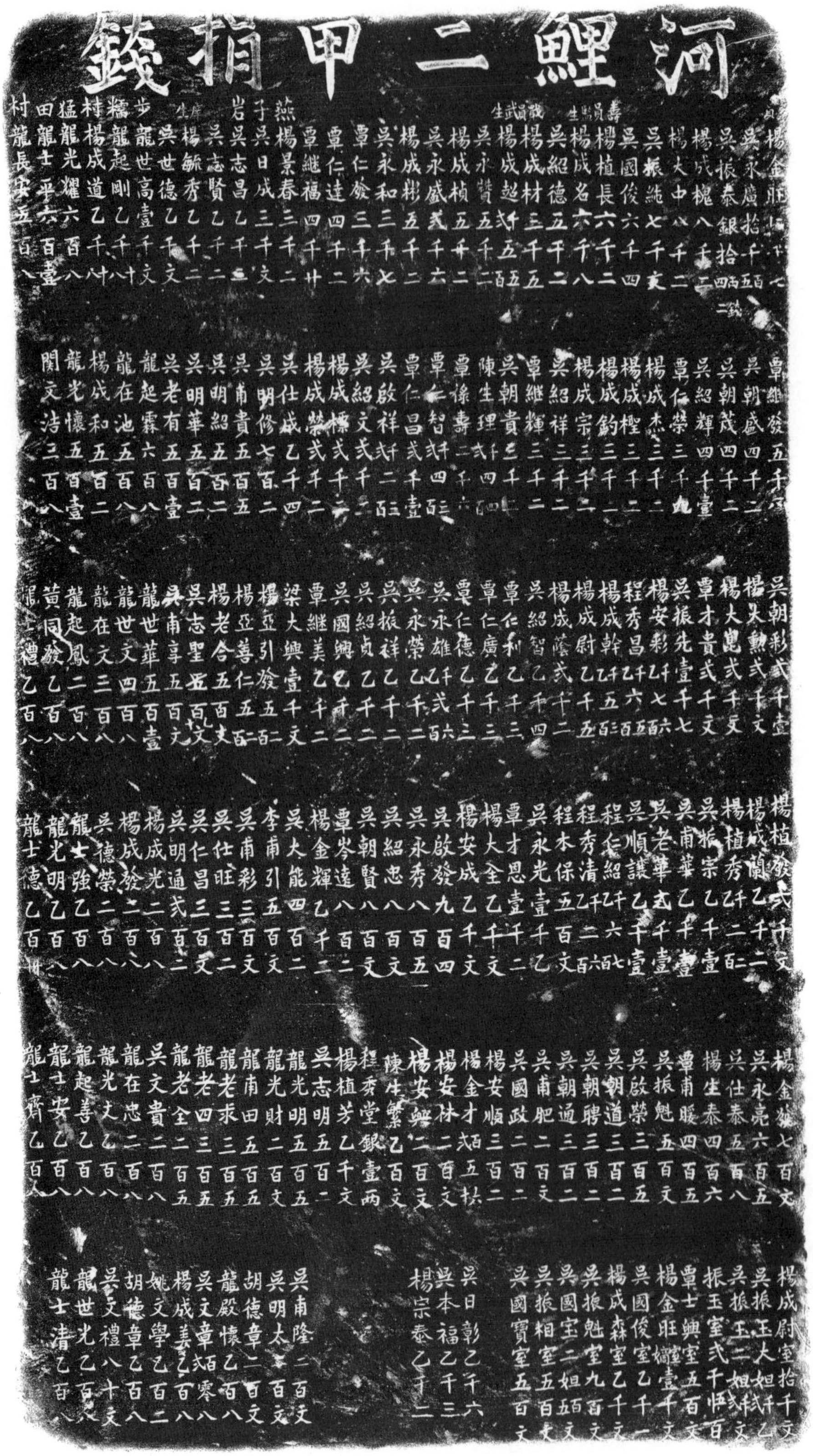

河鲤二甲杨金旺等捐钱碑

无年款。碑在良口乡和里村三王宫内碑廊。碑额为“河鲤二甲捐钱”，碑名为编者根据内容所加。碑高136厘米，宽75厘米。一面有字，楷书。碑保存较完好。

欧阳寨贡捐钱碑

无年款。碑在良口乡和里村三王宫内碑廊。碑高140厘米，宽70厘米。一面有字，楷书。碑保存较完好。

欧阳甲捐钱碑

无年款。碑在良口乡和里村三王宫内碑廊。碑高140厘米，宽75厘米。一面有字，楷书。碑保存完好。

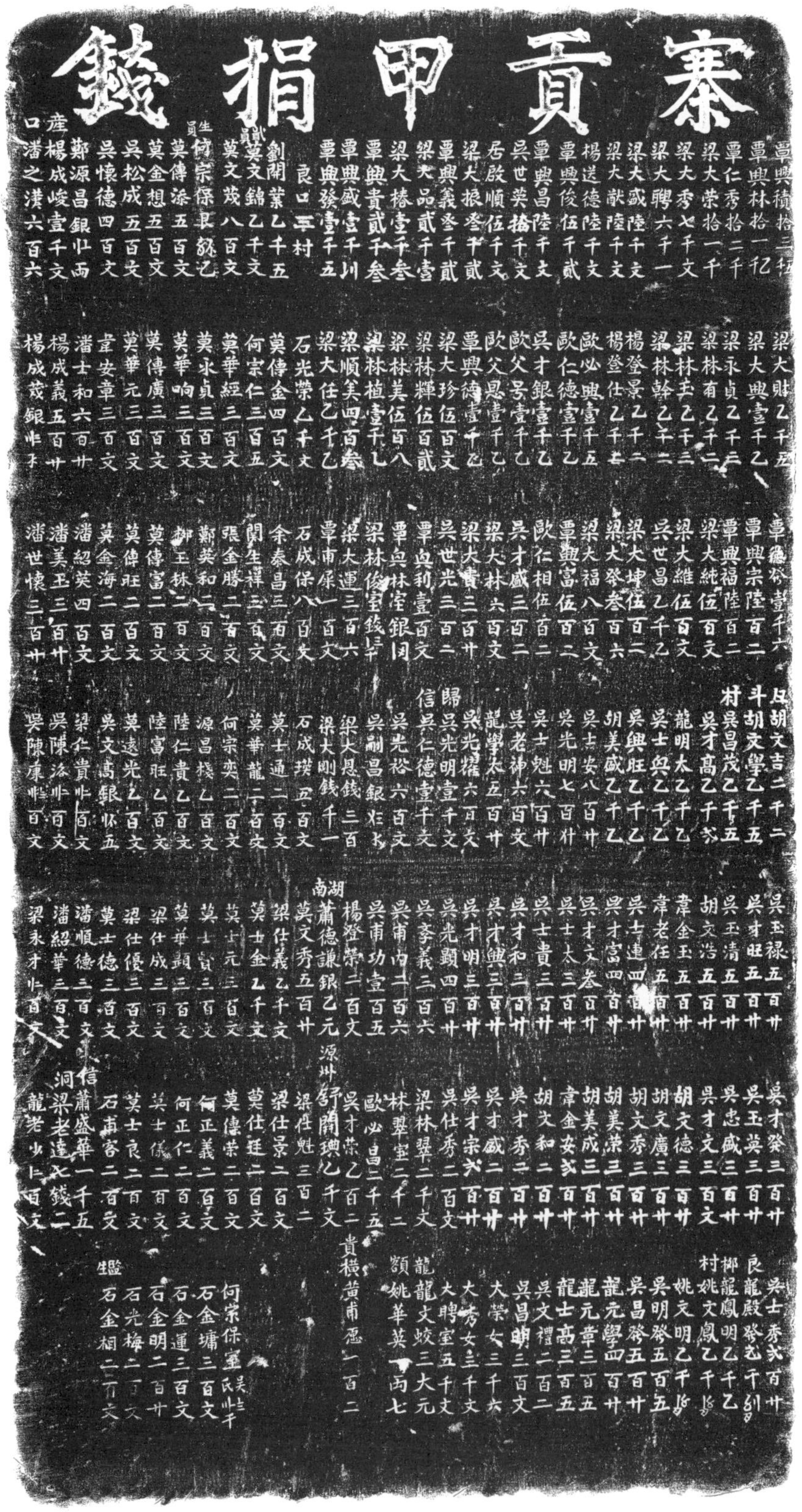

寨贡甲捐钱碑

无年款。碑在良口乡和里村三王宫内碑廊。碑高140厘米，宽75厘米。一面有字，楷书。碑保存完好。

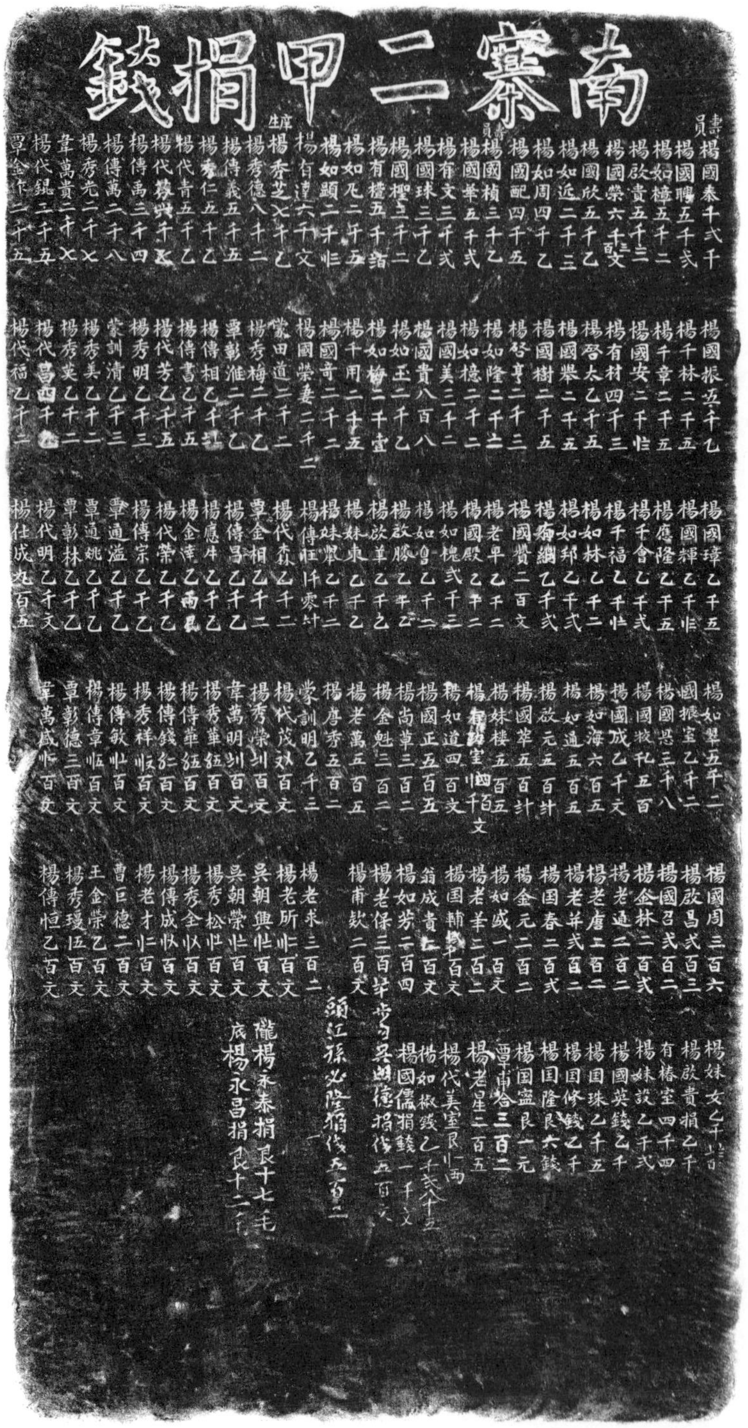

南寨二甲捐钱碑

无年款。碑在良口乡和里村三王宫内碑廊。碑高142厘米，宽72厘米。一面有字，楷书。碑保存较完好。

捐资芳名中的寿员杨国泰、杨国桢，庠生杨秀芝、杨秀德，捐款人杨国聘、杨传义、杨代芬等人，在清光绪二十一年（1895年）《重修三王宫碑记》中名列“缘首”。由此推知，《南寨二甲捐钱碑》刻立时间或在清光绪年前后。据民国《三江县志》卷三《政治·选举》记载，杨秀芝、杨秀德均为“和里乡”庠生。

覃文裕等捐资芳名碑

无年款。碑在良口乡产口村旧寨屯。碑额为“随缘以助”，碑名为编者根据内容所加。碑高120厘米，宽69厘米，厚4厘米。一面有字，楷书。碑局部残损。

王福贵等捐资芳名碑

无年款。碑在良口乡和里村人和桥上。碑额为“德建名立”，碑名为编者根据内容所加。碑高108厘米，宽65厘米。一面有字，楷书。碑保存较完好。

碑文中有“高武郡庠侯维翰”的捐款记录。民国《三江县志》卷三《政治·选举》记载，侯维翰，同乐乡高武村人，廪生。现良口乡南寨村乐善寺内保存着一通民国十年（1921年）侯维翰撰文的《杨有庆等捐修寺庙碑》，据此推知，《王福贵等捐资芳名碑》刻立时间大致在清末至民国年间。

王德贵等捐资芳名碑

无年款。碑在良口乡和里村三王宫内碑廊。原碑无碑额，碑名为编者根据内容所加。碑高140厘米，宽78厘米。一面有字，楷书。碑已残损。

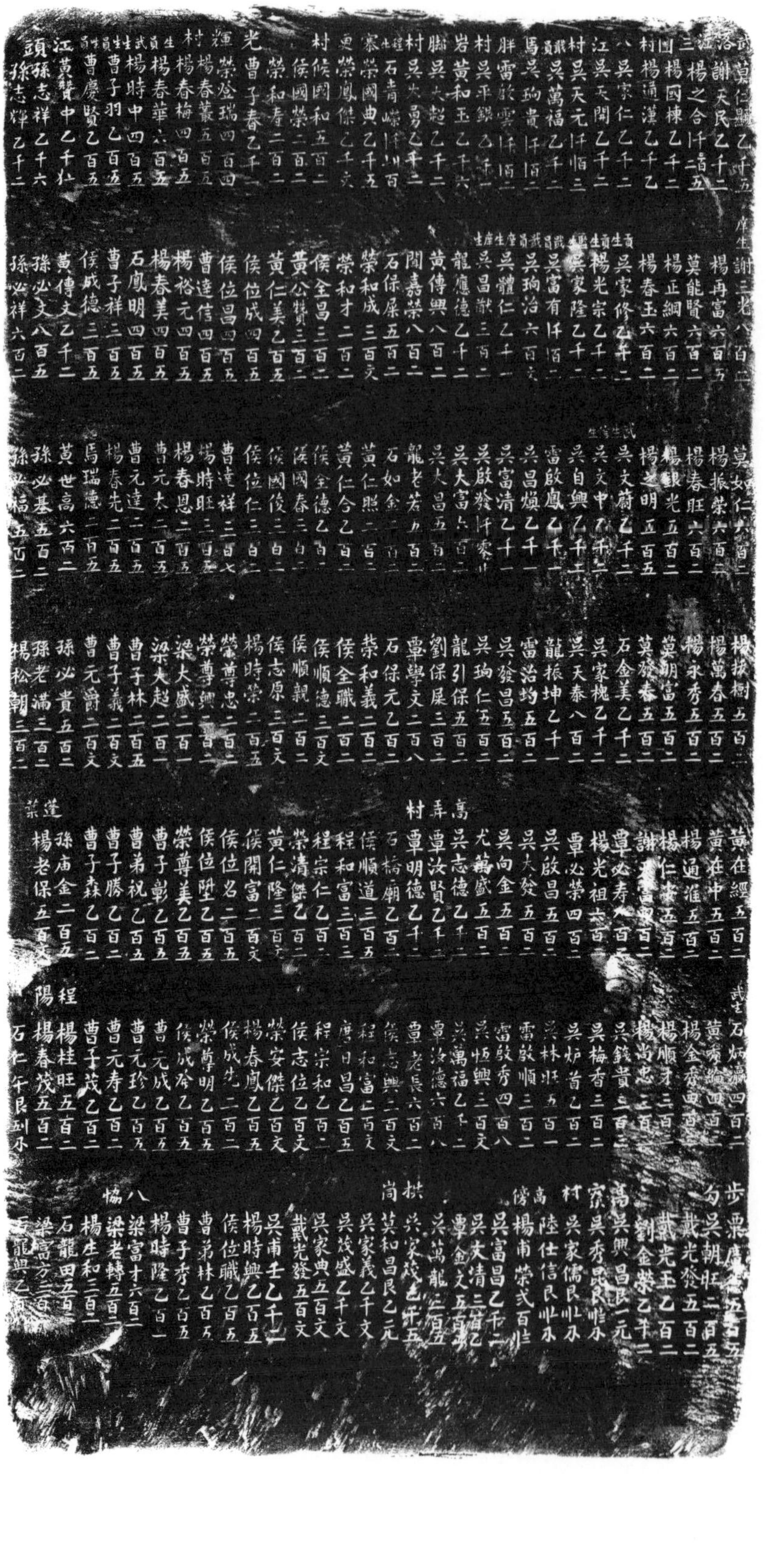

莫仁显等捐资芳名碑

无年款。碑在良口乡和里村三王宫内碑廊。原碑无碑额，碑名为编者根据内容所加。碑高 140 厘米，宽 75 厘米。一面有字，楷书。碑保存较完好。

武举熊世俊等捐资芳名碑

无年款。碑在良口乡和里村三王宫内碑廊。原碑无碑额，碑名为编者根据内容所加。碑高140厘米，宽78厘米。一面有字，楷书。碑保存较完好。

碑文所列捐资芳名中有武举熊世俊、贡生荣国材等人。据民国《三江县志》卷三《政治・选举》记载：熊世俊为“丹洲乡丹洲街”人，武举人；荣国材，“和里乡”人，贡生。

张文广等捐资芳名碑

无年款。碑在良口乡和里村三王宫内碑廊。原碑无碑额，碑名为编者根据内容所加。碑高143厘米，宽55厘米。一面有字，楷书。碑已断成两块。

梁大荣等捐资芳名碑

无年款。碑在良口乡和里村三王宫内碑廊。原碑无碑额，碑名为编者根据内容所加。碑高 146 厘米，宽 55 厘米。一面有字，楷书。碑保存较完好。

碑文所列捐资芳名中的杨国桢，在清光绪二十一年（1895 年）《重修三王宫碑记》中名列“缘首”。由此推知，《梁大荣等捐资芳名碑》刻碑时间可能在清光绪年间。

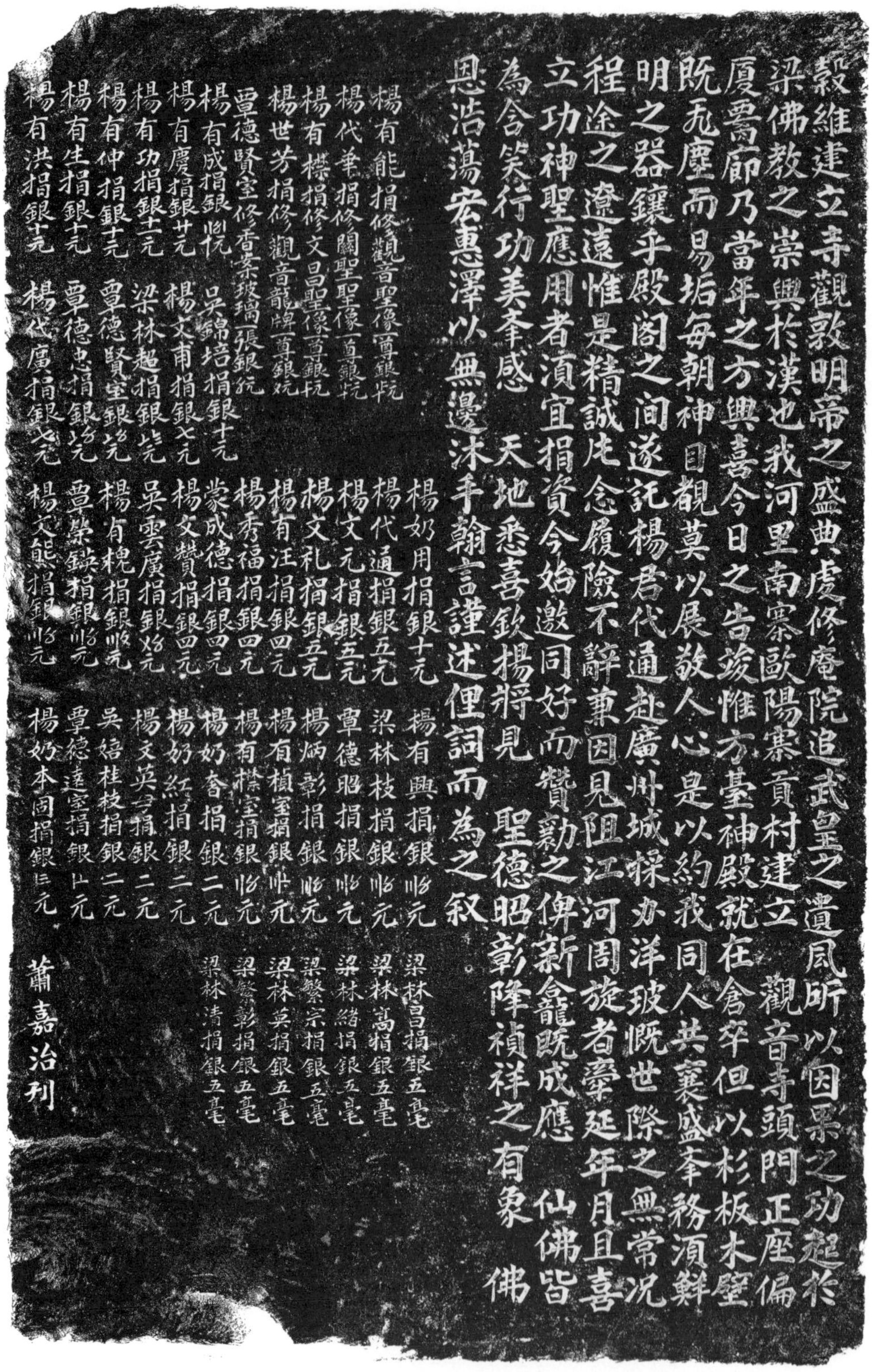

杨有能等捐修观音寺碑

无年款，萧嘉治刊。碑在良口乡南寨村乐善寺内。原碑无碑额，碑名为编者根据内容所加。碑高 120 厘米，宽 72 厘米，厚 5 厘米。一面有字，楷书。碑保存完好。

捐资芳名中的杨有樑、杨有庆、杨有功等人，在民国十年（1921 年）侯维翰撰文的《杨有庆等捐修寺庙碑》中均有记载。由此推知，此碑文当与《杨有庆等捐修寺庙碑》同为民国时期刻立。

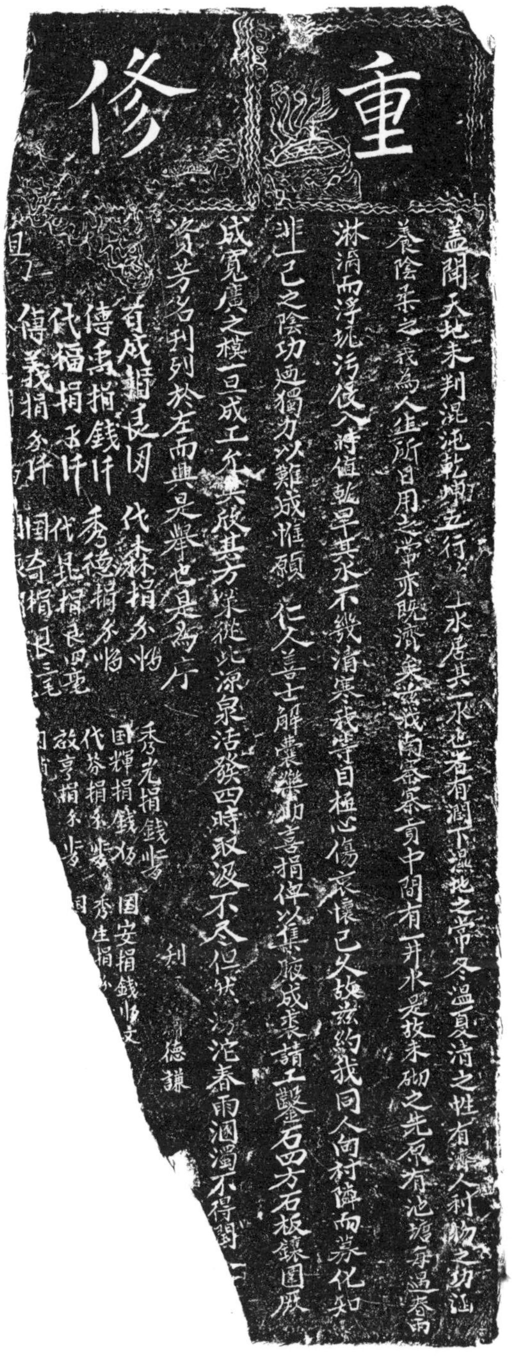

南寨寨贡重修水井碑

无年款。碑在良口乡南寨村寨贡屯中和堂内。碑额为“重修……”，碑名为编者根据内容所加。碑残高96厘米，宽35厘米，厚3厘米。一面有字，楷书。碑已残损，仅余局部。

良口乡和里村三王宫内保存着萧德谦刊《光绪重修三王宫碑记》，刻立时间为清光绪二十一年（1895年），“缘首”为杨传义、杨秀德、杨代芬等人。《南寨寨贡重修水井碑》捐资芳名中亦有“传义”“秀德”“代芬”等人的捐款记录。由此推知，《南寨寨贡重修水井碑》刻立时间或在清光绪年前后。据民国《三江县志》卷三《政治·选举》记载，杨秀德为“和里乡”庠生。

灵亭碑记

无年款。碑在良口乡南寨村寨贡屯文峰塔下。碑高 142 厘米，宽 104 厘米，厚 7 厘米。一面有字，楷书。碑已残损，碑面污损严重，部分字迹难以辨识。

捐资芳名中的杨有庆，在民国十年（1921 年）侯维翰撰文的《杨有庆等捐修寺庙碑》中有记载。由此推知，此碑或与《杨有庆等捐修寺庙碑》同为民国时期刻立。

杨秀昌等捐资芳名碑

无年款。碑在良口乡南寨村寨贡屯文峰塔下。碑高68厘米，宽57厘米，厚3厘米。一面有字，楷书。碑保存较完好。

富禄苗族乡

富禄苗族乡“三月三”花炮节（李家树拍摄）

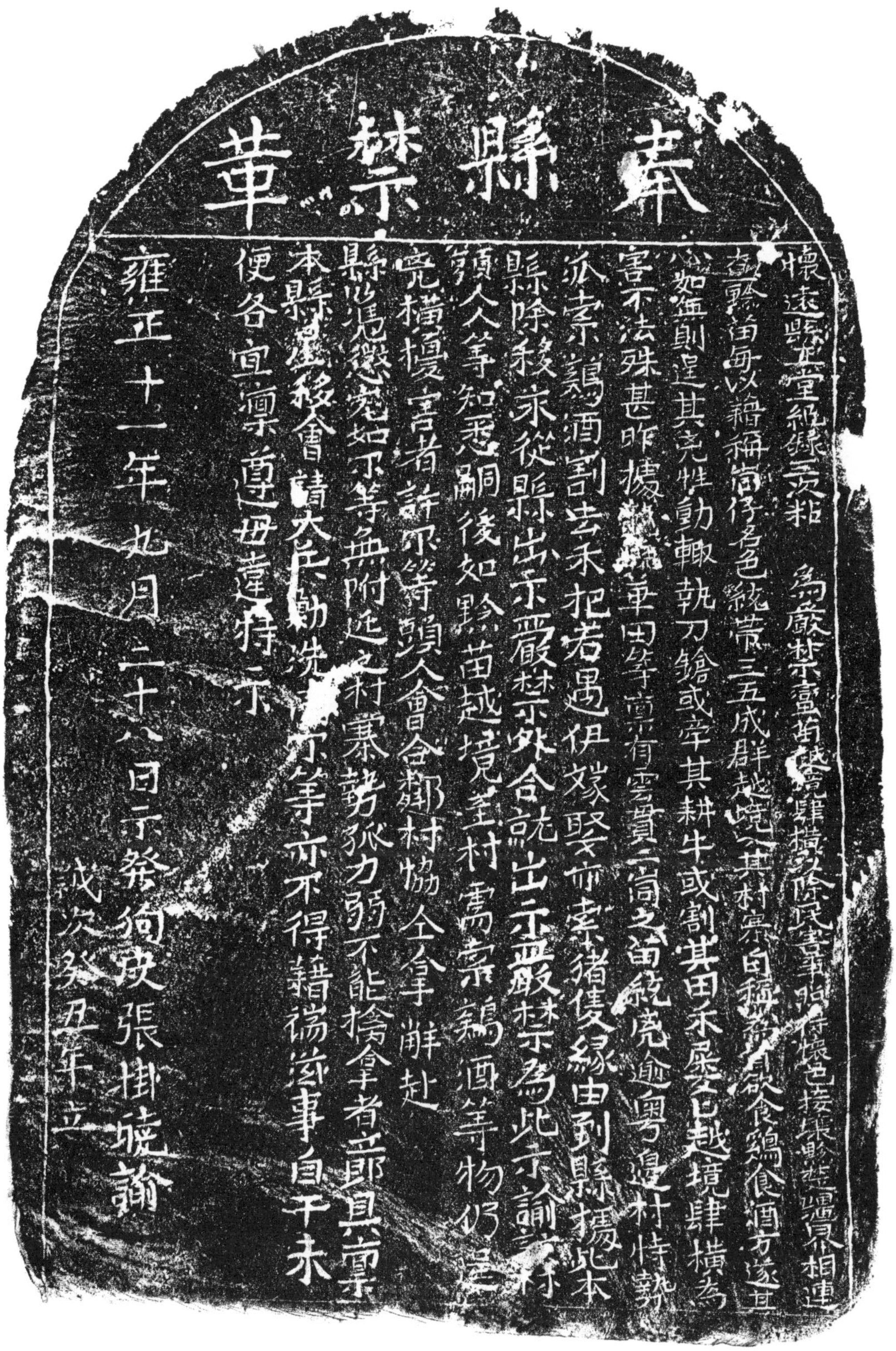

奉县禁革碑

清雍正十一年（1733 年）刻立。碑在富禄苗族乡纯德村候车亭旁。碑高 80 厘米，宽 50 厘米，厚 14 厘米。一面有字，楷书。碑保存完好。

疏通河道摩崖石刻

清乾隆三年（1738 年）刻立。在富禄苗族乡塘华河口岸边石壁上。石刻名为编者根据内容所加。高 111 厘米，宽 89 厘米。楷书。保存完好。

贵州永从县界址碑

清嘉庆二十一年（1816 年）永从县知县徐梦熊刻立。碑在富禄苗族乡匡里村。碑名为编者根据内容所加。碑高 87 厘米，宽 29 厘米。两面有字，楷书。碑上部分字迹有磨损。

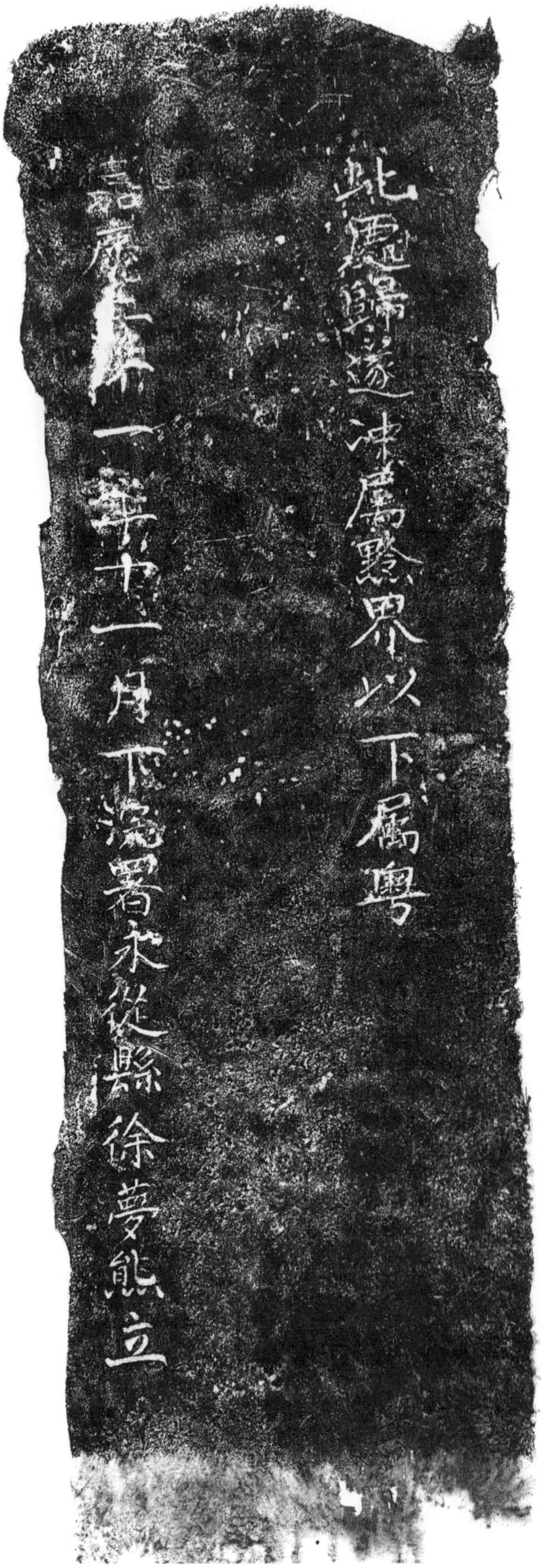
此處歸遂沖屬黔界以下屬粵
嘉慶□一年十二月下浣署永從縣徐夢熊立

钱粮额定碑

清同治十年（1871 年）刻立。碑在富禄苗族乡匡里村匡里屯。碑高 75 厘米，宽 57 厘米。一面有字，楷书。碑局部残缺，碑面已自然风化，部分字迹难以辨识。

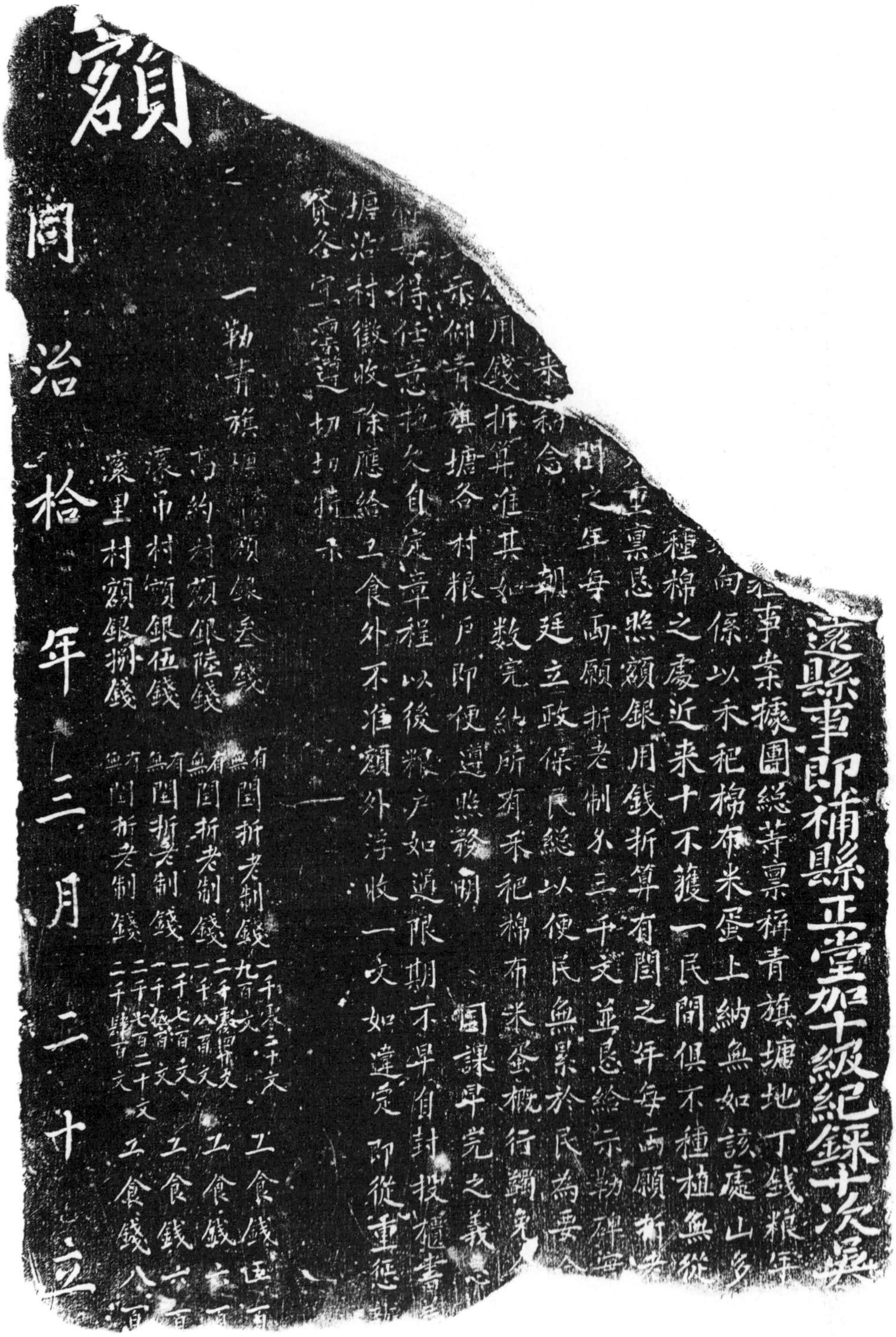

核定青旗塘等钱粮碑

清同治十年（1871年）刻立。碑在富禄苗族乡匡里村青旗屯。碑额仅存“额”字，碑名为编者根据内容所加。碑高92厘米，宽61厘米。一面有字，楷书。碑右上角已缺损。

奉宪裁革碑

清光绪四年（1878 年）刻立。碑在富禄苗族乡匡里村青旗屯。碑高 119 厘米，宽 70 厘米。一面有字，楷书。碑已自然风化，局部残损，部分字迹难以辨识。

重修天后宫碑

清光绪十二年（1886 年）刻立。碑在富禄苗族乡富禄村葛亮屯天后宫内。碑高 138 厘米，宽 71 厘米。一面有字，楷书。碑已自然风化。

官清民乐碑

清光绪十五年（1889 年）刻立。碑在富禄苗族乡匡里村青旗屯。碑高 104 厘米，宽 64 厘米。一面有字，楷书。碑已自然风化，字迹难以辨识。

桂
威加海宇聖壽万姓同樂
行陰隲廣開三教德被萬民共仰

同乐苗族乡

同乐苗族乡高武村高武屯文昌宫内景

村寨条规禁约碑

清道光十七年（1837 年）刻立。碑在同乐苗族乡七团村四步屯井亭边。碑额已无法辨识，碑名为编者根据内容所加。碑高 133 厘米，宽 88 厘米，厚 3.5 厘米。一面有字，楷书。碑已残损。

文昌帝君碑序

清咸丰二年（1852 年）刻立，侯载经撰文。碑在同乐苗族乡高武村高武屯文昌宫内。无碑额，碑名为编者根据内容所加。碑高 150 厘米，宽 101 厘米，厚 5 厘米。一面有字，楷书。碑保存较完好。

据《三江文物——三江侗族自治县第三次全国文物普查成果汇编》记载，高武屯文昌宫始建于清代，1997 年重建，四合院规制，木结构建筑，内设“文昌帝”神位、木制神台。文昌宫内现存碑刻 10 余通，其中古碑 5 通。

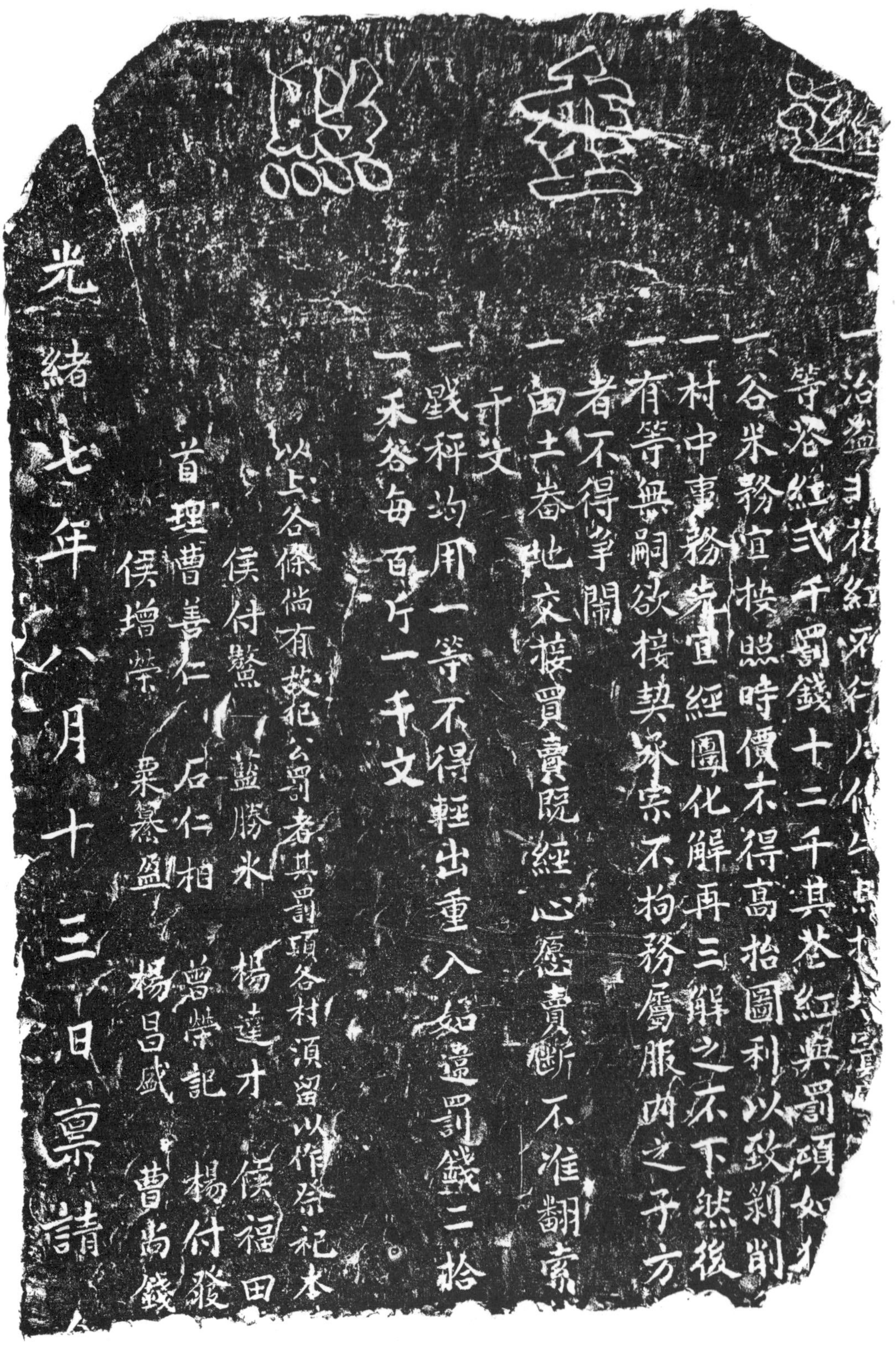
遠垂照
等谷紅弍千罰錢十二千其荅紅與罰頭如
一谷米務宜按照時價不得高抬圖利以致剝削
一村中事務先宜經團化解再三解之不下然後
一有等無嗣欲接契承宗不拘務屬服內之子方
者不得爭鬧
一田土眷地交接買賣既經心愿賣斷不准翻索
一千文
一戥秤均用一等不得輕出重入如違罰錢二拾
一禾斧每百斤一千文
以上各條倘有犯者以公罰者其罰頭各村須留以作祭祀本
侯付鼇 藍勝米 楊達才 侯福田
首理曹善仁 石仁相 曹榮記 楊付發
侯增榮 衆慕盈 楊昌盛 曹尚錢
光緒七年八月十三日稟請

侯付鳌等众立禁约碑

清光绪七年（1881 年）刻立，碑在同乐苗族乡七团村四步屯井亭边。碑额为“□远垂照”，碑名为编者根据内容所加。碑高 86.5 厘米，宽 57 厘米，厚 6 厘米。一面有字，楷书。碑保存较完好。

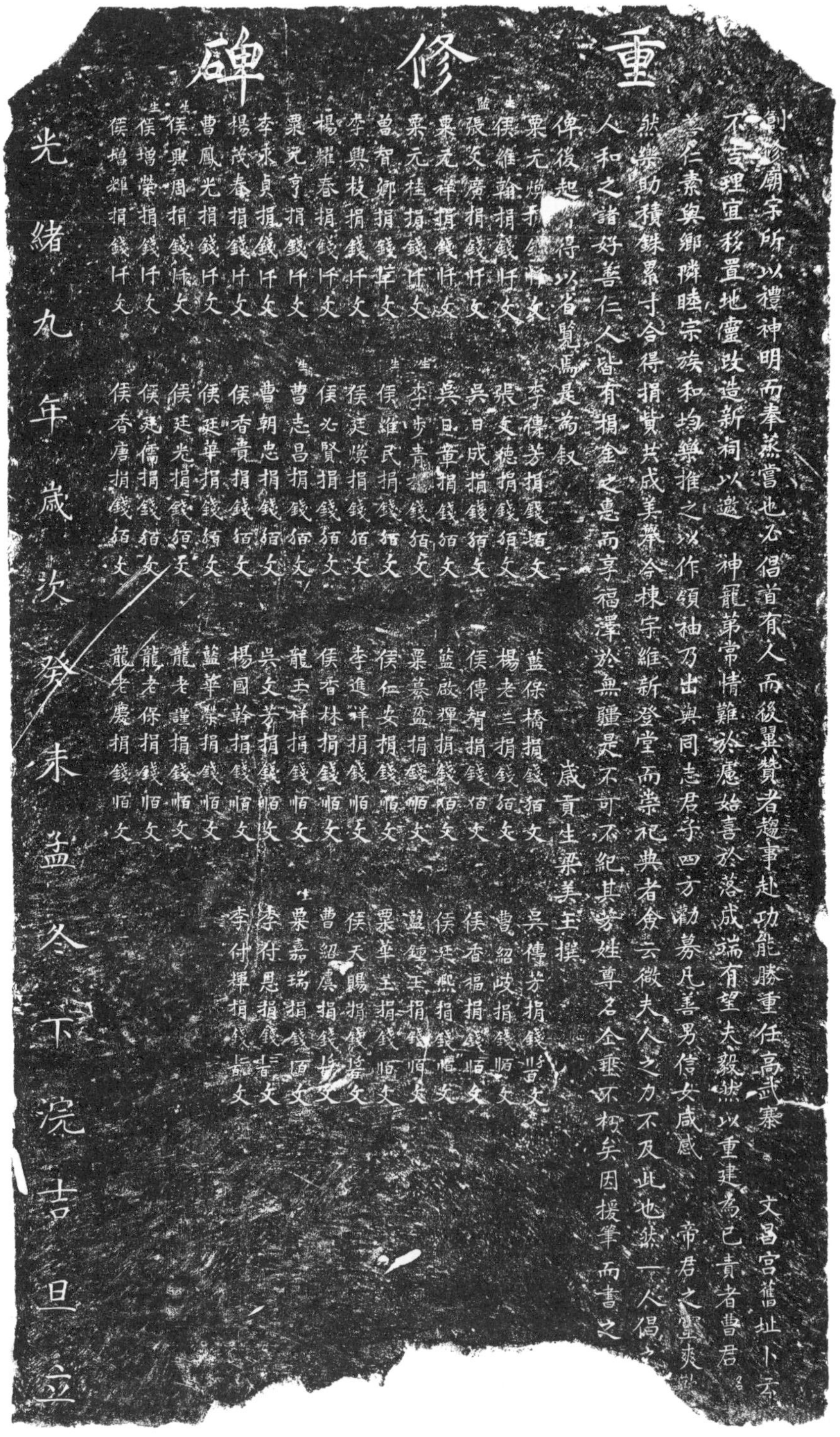

重修高武寨文昌宫碑

清光绪九年（1883 年）刻立，岁贡生梁美玉撰文。碑在同乐苗族乡高武村高武屯文昌宫内。碑额为“重修碑”，碑名为编者根据内容所加。碑高 151 厘米，宽 86 厘米，厚 4.5 厘米。一面有字，楷书。碑已残损，碑面有污渍和苔藓，局部文字残缺。

据民国《三江县志》卷三《政治・选举》记载，梁美玉，“福安乡周牙村”人，“行文敏捷，时人称之为‘快笔先生’”。

杨富发等捐修飞山宫碑

清光绪三十三年（1907 年）刻立，生员吴树椿撰文。碑在同乐苗族乡七团村飞山宫内。碑额为“亘古常新”，碑名为编者根据内容所加。碑高 142 厘米，宽 80 厘米。一面有字，楷书。碑边缘局部残损。

侯恩德等捐修高武村文昌宫碑

民国十六年（1927 年）刻立，蓝玉青撰文。碑在同乐苗族乡高武村高武屯文昌宫内。无碑额，碑名为编者根据内容所加。碑高 152 厘米，宽 73 厘米，厚 6 厘米。一面有字，楷书。碑已残损，局部文字残缺。

何明怀等捐资芳名碑

无年款。碑在同乐苗族乡高武村高武屯文昌宫内。无碑额，碑名为编者根据内容所加。碑高 157 厘米，宽 74 厘米，厚 4 厘米。一面有字，楷书。碑上局部文字残缺。

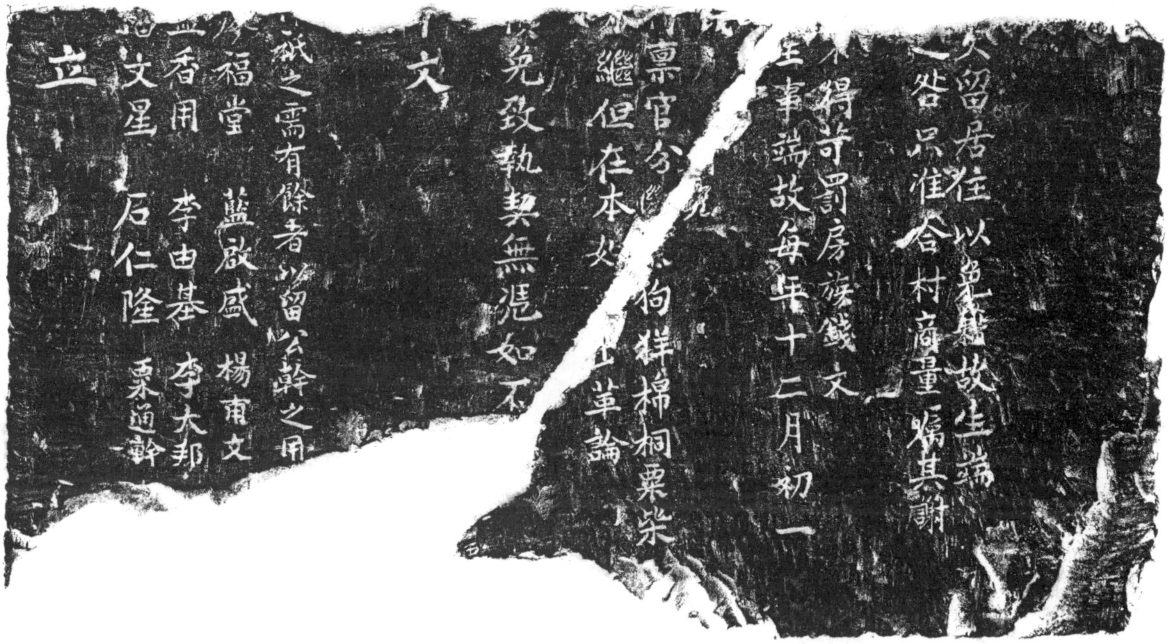

廖福堂等众立禁约碑

无年款。碑在同乐苗族乡七团村四步屯井亭边。碑名为编者根据内容所加。碑残高 44 厘米，宽 81 厘米，厚 6 厘米。一面有字，楷书。碑已残损。

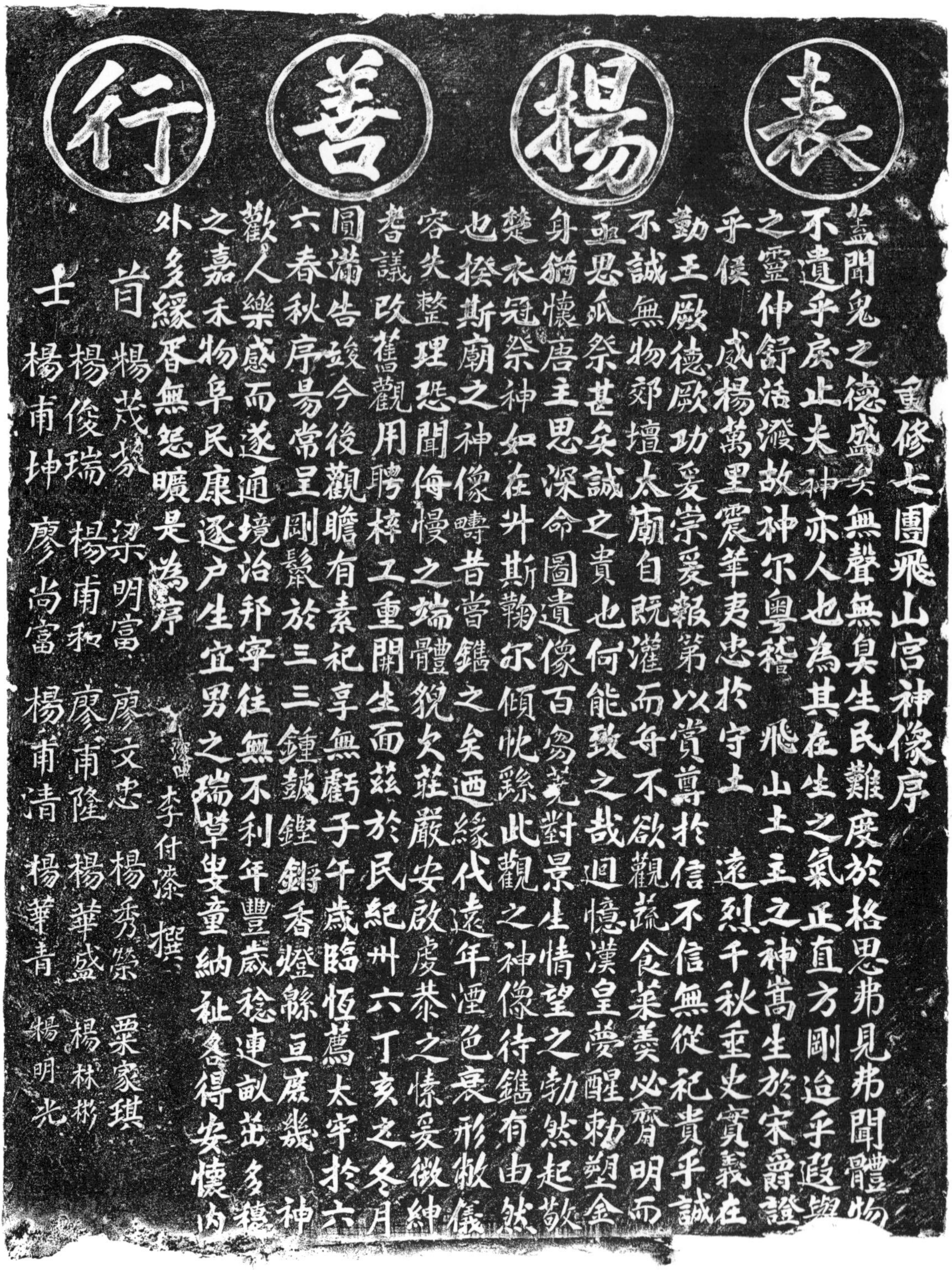

表揚善行

重修七團飛山宮神像序

蓋聞鬼之德盛矣無聲無臭生民難廢於格思弗見弗聞體物不遺乎庶止夫神亦人也為其在生之氣正直方剛迫乎遐邇之靈仲舒活潑故神尔粵稽飛山土主之神萬生於宋爵證乎侯威楊萬里震華夷忠於守土遠烈千秋垂史冊義在勤王厥德厥功爰崇爰報第以賞尊於信不信無從祀貴乎誠不誠無物郊壇太廟自既灌而每不欲觀蔬食菜羹必齊明而丞思承祭甚矣誠之貴也何能致之哉迴憶漢皇夢醒勅塑金身猶懷唐主思深命圖遺像百禽對景生情望之勃然起敬楚衣冠祭神如在升斯勒尔傾忱懸此觀之神像待鑄有由然也援斯廟之神像疇昔曾鑄之矣迺緣代遠年湮色衰形敝儀容失整理恐開侮慢之端體貌大莊嚴安啟虔恭之愫爰徵紳耆議改舊觀用聘梓工重開生面茲於民紀卅六丁亥之冬月圓滿告竣今後觀瞻有素祀享無虧子午歲臨恒薦太牢於六六春秋序易常呈剛鬣於三三鍾鼓鏗鏘香燈綿亘庶幾神歡人樂感而遂通境治邦寧往無不利年豐歲稔連畝芃芃多穗之嘉禾物阜民康逐戶生宜男之瑞草叟童納祉各得安懷內外多緣吾無怨曠是為序

濮陽李付漆撰

首士 楊茂芬 梁明富 廖文忠 楊秀榮 粟家琪

楊俊瑞 楊甫和 廖甫隆 楊華盛 楊林彬

楊甫坤 廖尚富 楊甫清 楊華青 楊明光

重修七团飞山宫神像序碑

无年款，李付漆撰文。碑在同乐苗族乡七团村飞山宫内。碑额为“表扬善行”，碑名为编者根据内容所加。碑高143厘米，宽80厘米。一面有字，楷书。碑保存较完好。

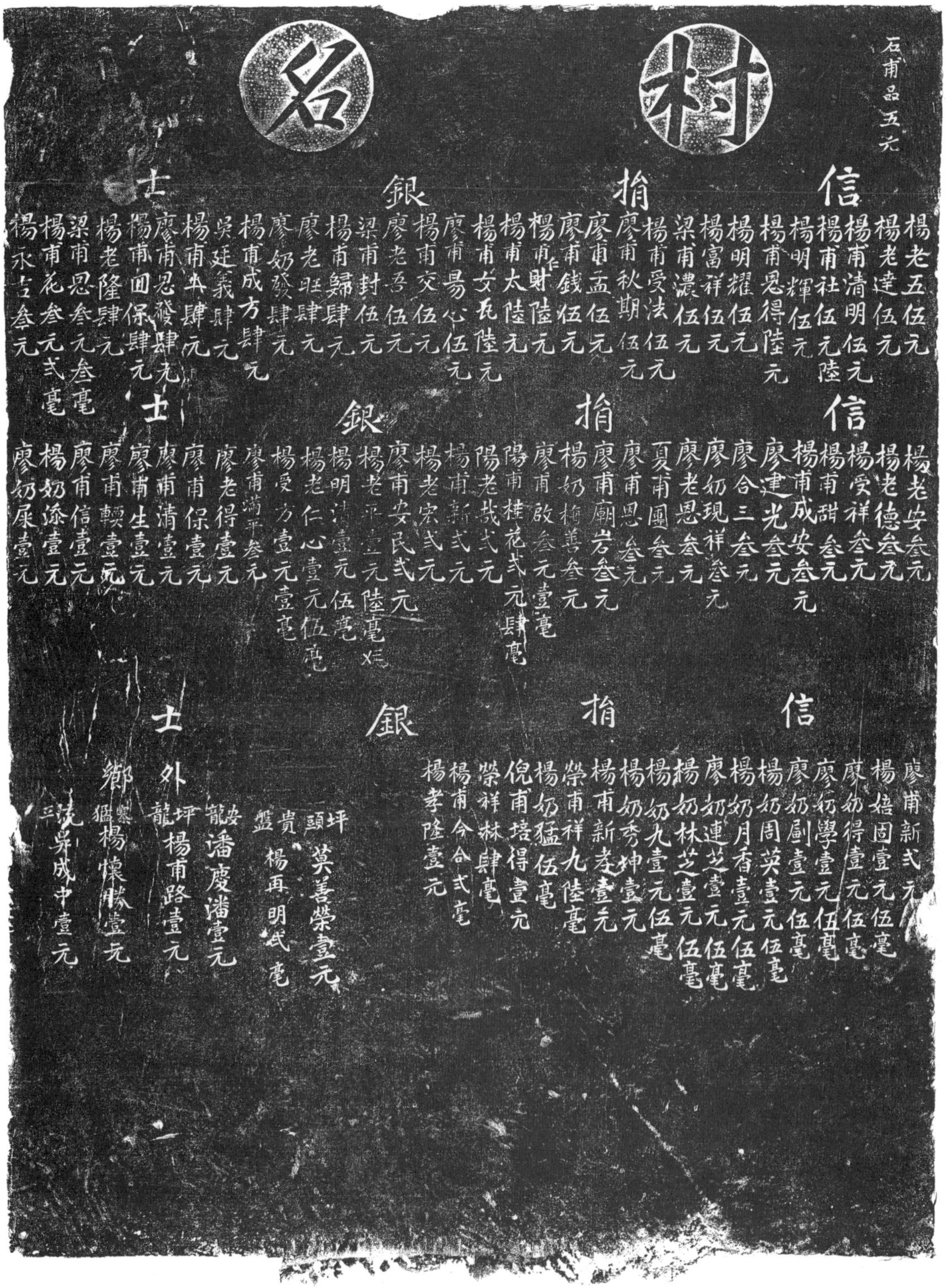

杨老五等捐资芳名碑

无年款。碑在同乐苗族乡七团村飞山宫内。碑额为“村名”，碑名为编者根据内容所加。碑高103厘米，宽80厘米。一面有字，楷书。碑保存较完好。

梅林乡

梅林乡“二月二”侗族大歌节（李家树拍摄）

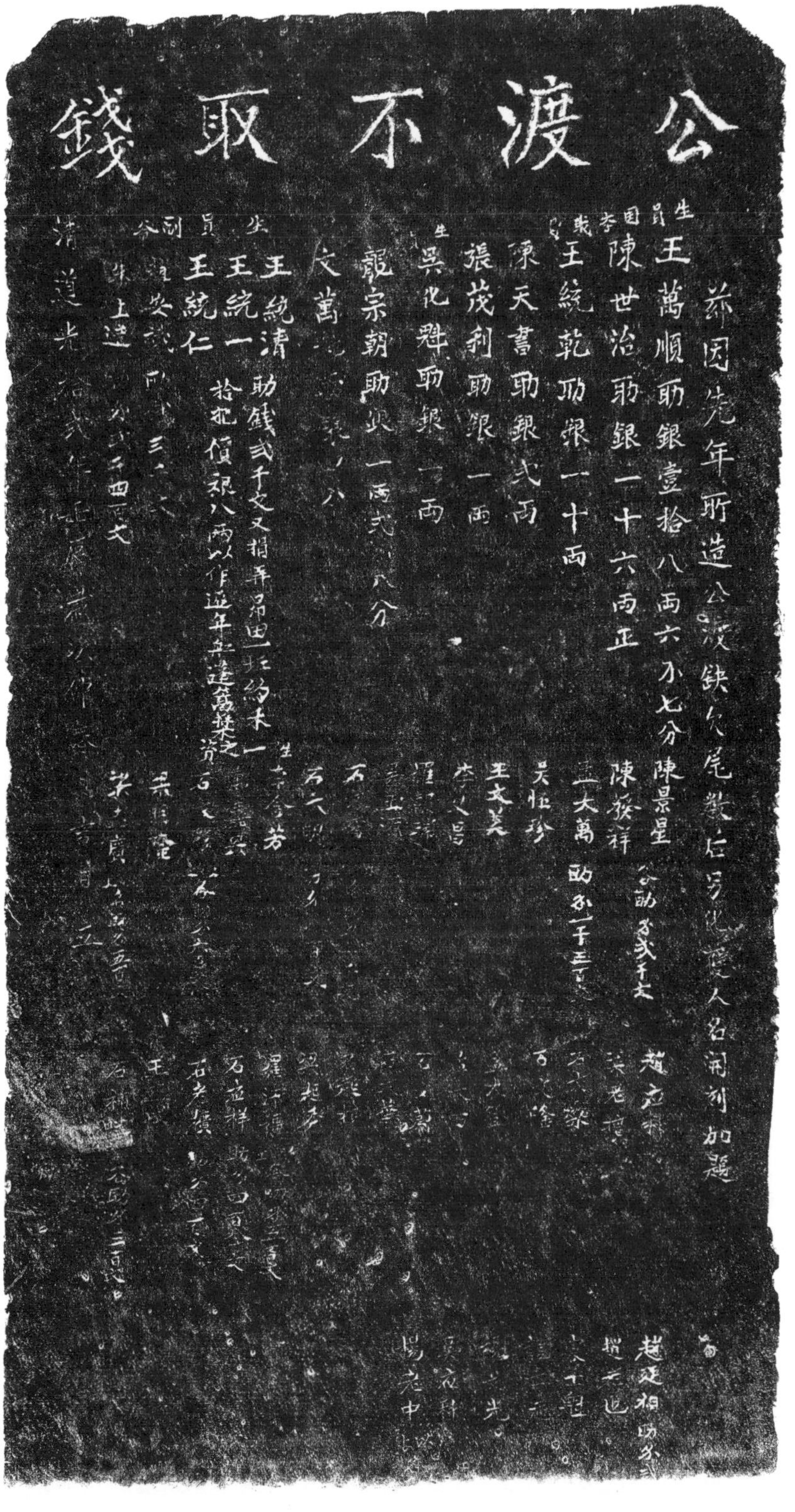

王万顺等捐助公渡碑

清道光十二年（1832 年）刻立。碑在梅林乡新民村。碑额为“公渡不取钱”，碑名为编者根据内容所加。碑高 135 厘米，宽 70 厘米。一面有字，楷书。碑已残损，局部文字残缺。

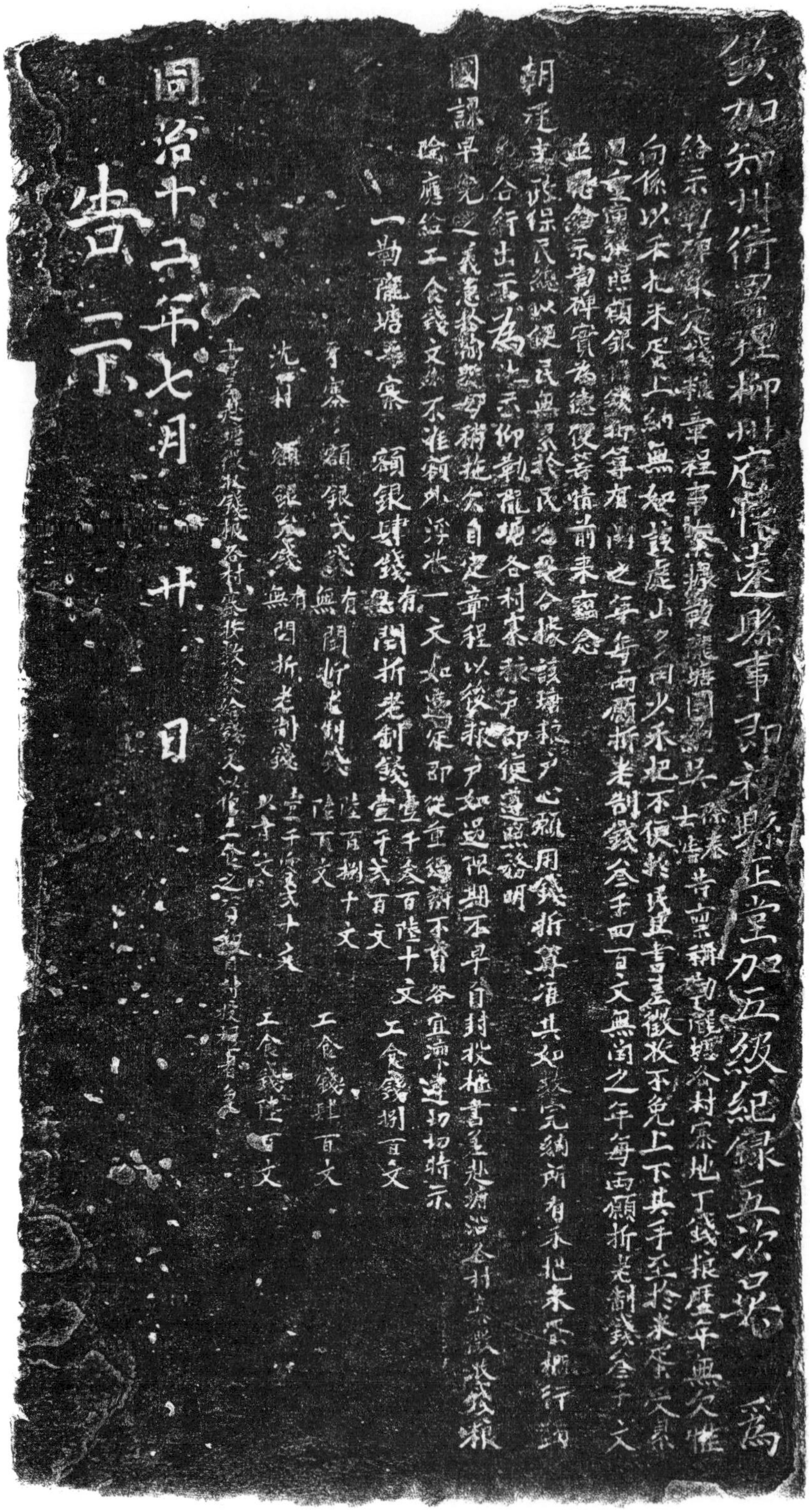

永定钱粮章程碑

清同治十二年（1873年）刻立。碑在梅林乡新民村。无碑额，碑名为编者根据内容所加。碑高135厘米，宽70厘米。一面有字，楷书。碑已残损，局部文字残缺。

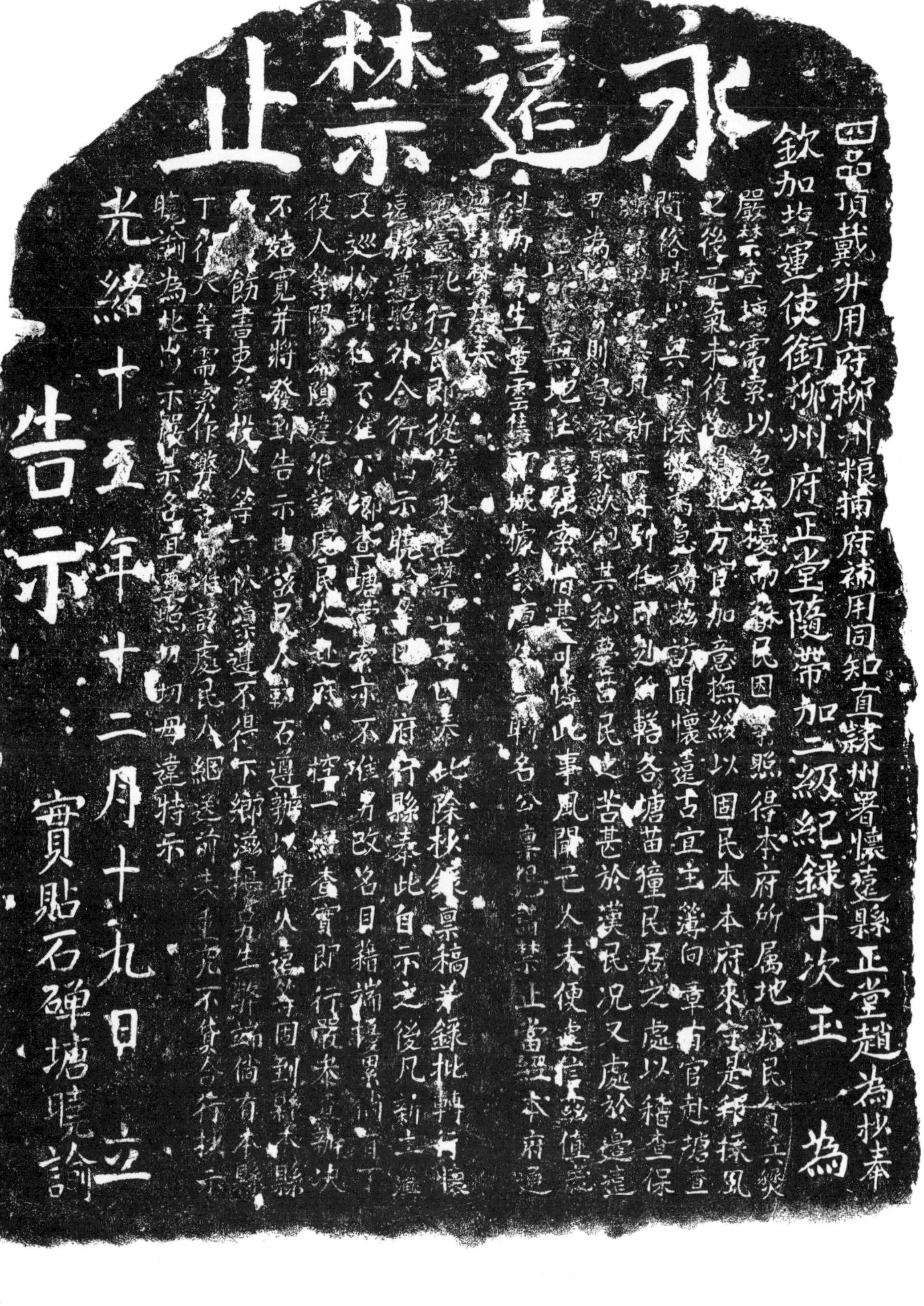

严禁下乡查塘需索碑

清光绪十五年（1889 年）刻立。碑在梅林乡车寨村。碑额为“永远禁止”，碑名为编者根据内容所加。碑高 87 厘米，宽 53 厘米。一面有字，楷书。碑已残损，局部文字残缺。

重修公渡碑

清光绪十六年（1890 年）刻立。碑在梅林乡新民村。无碑额，碑名为编者根据内容所加。碑高 58 厘米，宽 46 厘米。一面有字，楷书。碑已残损。

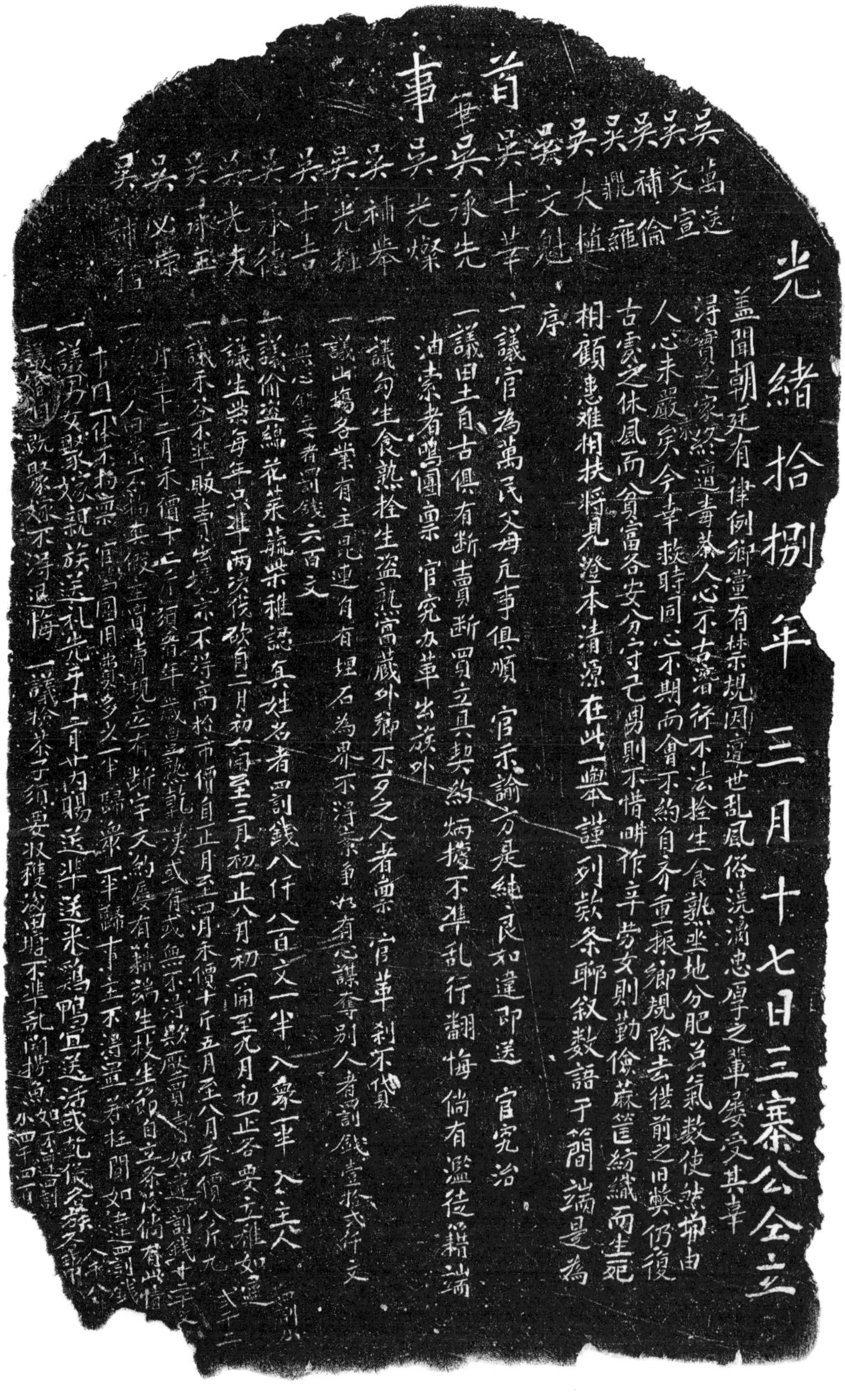

吴万送等众立禁约碑

清光绪十八年（1892 年）刻立。碑在梅林乡新民村。碑名为编者根据内容所加。碑高 87 厘米，宽 53 厘米。一面有字，楷书。碑已残损，局部文字残缺。

附录

三江侗族自治县碑刻分布表

序号	名称	年代	地址
1	奉谕示禁碑	清道光二十七年（1847 年）	三江侗族自治县博物馆
2	遵宪示永定粮额碑	清光绪十八年（1892 年）	三江侗族自治县博物馆
3	免榨捐碑	清宣统二年（1910 年）	三江侗族自治县博物馆
4	十二大姓发源纪念碑	民国二十二年（1933 年）	古宜镇大竹村大寨屯曹氏宗祠内
5	重修二圣侯王庙碑	不详	古宜镇大竹村大寨屯曹氏宗祠内
6	重建明伦堂碑记	清雍正七年（1729 年）	丹洲镇丹洲村北门碑廊
7	书院碑记	清道光三年（1823 年）	丹洲镇丹洲书院内
8	福建会馆碑记	清道光二十一年（1841 年）	丹洲镇丹洲村
9	怀远县总图、怀远县城图碑	清道光二十六年（1846 年）	丹洲镇丹洲村东城门城墙
10	补修怀邑城厢道路碑	清道光二十六年（1846 年）	丹洲镇丹洲村东城门城墙
11	廖声高等重修圣庙碑	清道光二十七年（1847 年）	丹洲镇丹洲村北门碑廊
12	义会碑	清咸丰三年（1853 年）	丹洲镇丹洲村北门碑廊
13	杨维基等捐资芳名碑	清同治十一年（1872 年）	丹洲镇丹洲村北门碑廊
14	郑先谟等捐修□□祠碑记	清光绪三年（1877 年）	丹洲镇丹洲村北门碑廊
15	告示碑	清光绪四年（1878 年）	丹洲镇丹洲村北门碑廊
16	杨自明等捐资芳名碑	清光绪十二年（1886 年）	丹洲镇丹洲书院内
17	重建西厢福德祠碑记	民国十三年（1924 年）	丹洲镇丹洲村北门碑廊
18	丹洲防火会碑序	民国二十四年（1935 年）	丹洲镇丹洲村北门碑廊
19	丹洲防火会乐捐芳名碑	民国二十四年（1935 年）	丹洲镇丹洲村北门碑廊
20	不负师恩碑	民国二十五年（1936 年）	丹洲镇丹洲书院内
21	拨还丹洲乡中心学校校产碑	民国三十一年（1942 年）	丹洲镇丹洲书院内
22	丹洲乡中心校经费来源志碑	民国三十三年（1944 年）	丹洲镇丹洲书院内
23	天后宫榜书	不详	丹洲镇丹洲村天后宫大门处

续表

序号	名称	年代	地址
24	闽粤一家榜书	不详	丹洲镇丹洲村天后宫大门处
25	天后宫石柱对联	不详	丹洲镇丹洲村天后宫大门处
26	重修文庙碑记	不详	丹洲镇丹洲村北门碑廊
27	重建关帝庙碑记	不详	丹洲镇丹洲村北门碑廊
28	重建金花宫碑记	不详	丹洲镇丹洲村北门碑廊
29	阳溪六合山禁约碑	不详	丹洲镇丹洲村
30	梁以文等捐资芳名碑	不详	丹洲镇丹洲村东城门旁
31	怀远县斗江回龙庵题名碑记	明崇祯八年（1635 年）	斗江镇斗江村武圣宫内
32	霖雨苍生石构件	清道光二十四年（1844 年）	林溪镇高友村飞山庙内
33	重修高友飞山庙碑序	清同治三年（1864 年）	林溪镇高友村飞山庙内
34	高友村众立禁约碑	清同治六年（1867 年）	林溪镇高友村南岳庙下
35	杨成光等捐资修路碑	清同治八年（1869 年）	林溪镇茶溪村
36	杨再明施造鼓磉	清光绪二十七年（1901 年）	林溪镇高友村南岳庙内
37	潘珦龙造鼓磉	清光绪二十七年（1901 年）	林溪镇高友村南岳庙内
38	高友飞山庙石柱对联	不详	林溪镇高友村飞山庙大门处
39	修路牌记	清嘉庆十九年（1814 年）	八江镇归令村
40	重修三团飞山宫碑序	清光绪五年（1879 年）	八江镇三团村飞山宫内
41	莫如德等捐资芳名碑	清光绪五年（1879 年）	八江镇三团村飞山宫内
42	众修路碑	清光绪十年（1884 年）	八江镇马胖村磨寨屯马胖鼓楼旁
43	减免钱粮定价碑	清光绪十九年（1893 年）	八江镇马胖村飞山宫旁
44	奉谕咸熙碑	清光绪二十三年（1897 年）	八江镇马胖村磨寨屯戏台旁
45	石杨氏等捐资芳名碑	民国三十年（1941 年）	八江镇三团村飞山宫内
46	杨氏奶安妹等捐资芳名碑	不详	八江镇三团村飞山宫内
47	杨之合等捐资芳名碑	不详	八江镇三团村飞山宫内
48	石燕新等捐资芳名碑	不详	八江镇三团村飞山宫内
49	杨顺发等捐资芳名碑	不详	八江镇三团村飞山宫内
50	杨顺富等重修旱桥碑序	不详	八江镇平善村

续表

序号	名称	年代	地址
51	归座等村捐资芳名碑	不详	八江镇平善村
52	功德碑	清乾隆三十七年（1772 年）	独峒镇玉马村高宇屯
53	辞路免行碑	民国十二年（1923 年）	独峒镇里朝村里朝屯
54	新建宗祠碑记	清光绪二年（1876 年）	程村乡泗里村富文坪屯曹氏宗祠内
55	塘库村龙氏谱序碑	清光绪十四年（1888 年）	老堡乡塘库村盘鱼冷屯龙振家祠内
56	振家祠碑志	清光绪十四年（1888 年）	老堡乡塘库村盘鱼冷屯龙振家祠内
57	冠群督理修碑	清光绪十四年（1888 年）	老堡乡塘库村盘鱼冷屯龙振家祠内
58	老堡义学碑	清光绪十四年（1888 年）	老堡乡人民政府大院内
59	建修渡船碑	清光绪十五年（1889 年）	老堡乡人民政府大院内
60	石桥牌记	清乾隆四十六年（1781 年）	良口乡南寨村下南屯戏台旁
61	商贾捐资碑	清乾隆五十二年（1787 年）	良口乡和里村三王宫内碑廊
62	限禁碑记	清乾隆五十九年（1794 年）	良口乡和里村三王宫内
63	杨尚美等捐修水井碑	清道光十年（1830 年）	良口乡南寨村南面水井旁
64	重修三王庙碑	清道光十年（1830 年）	良口乡产口村旧寨屯
65	功德碑记	清道光十六年（1836 年）	良口乡和里村三王宫内
66	寨贡村杨氏架渡碑	清道光十八年（1838 年）	良口乡南寨村寨贡屯中和堂内
67	杨华通妻吴氏捐龙牌碑	清道光二十四年（1844 年）	良口乡和里村三王宫内
68	增修碑记	清道光二十四年（1844 年）	良口乡和里村人和桥上
69	重修传记碑	清道光二十五年（1845 年）	良口乡和里村三王宫内
70	同治重修三王宫碑	清同治七年（1868 年）	良口乡和里村人和桥上
71	重修井水碑记	清同治十年（1871 年）	良口乡南寨村寨贡屯南面井亭旁
72	寨贡梁覃杨吴四姓众议禁约碑	清光绪四年（1878 年）	良口乡南寨村寨贡屯
73	玉带回桥碑序	清光绪四年（1878 年）	良口乡和里村欧阳屯玉带桥上
74	老堡塘渡船纪事碑	清光绪七年（1881 年）	良口乡和里村
75	广西巡抚部院示碑	清光绪十五年（1889 年）	良口乡晒江村款坪屯
76	六合桥碑	清光绪十五年（1889 年）	良口乡和里村和里屯竹王宫内
77	光绪重修三王宫碑	清光绪二十一年（1895 年）	良口乡和里村三王宫内碑廊

续表

序号	名称	年代	地址
78	重修竹王宫碑序	清光绪二十七年（1901 年）	良口乡和里村竹王宫外碑廊
79	南寨村杨传芳等捐田碑	清光绪三十一年（1905 年）	良口乡南寨村乐善寺内
80	大平风水界碑	民国五年（1916 年）	良口乡和里村欧阳屯杨氏宗祠内
81	杨有庆等捐修寺庙碑	民国十年（1921 年）	良口乡南寨村乐善寺内
82	寨贡梁杨二姓合立禁碑	民国二十八年（1939 年）	良口乡南寨村寨贡屯梁氏宗祠内
83	重修寨贡中和堂碑	民国二十八年（1939 年）	良口乡南寨村
84	杨大德等捐资芳名碑	民国二十九年（1940 年）	良口乡和里村和里屯竹王宫
85	和安桥碑	民国三十二年（1943 年）	良口乡和里村欧阳屯和安桥上
86	祠堂碑记	民国三十二年（1943 年）	良口乡南寨村谭氏宗祠内
87	河鲤二甲杨成杰等捐银碑	不详	良口乡和里村人和桥上
88	河里欧阳杨成杰等捐资芳名碑	不详	良口乡南寨村文峰塔下
89	河鲤二甲杨金旺等捐钱碑	不详	良口乡和里村三王宫内碑廊
90	欧阳寨贡捐钱碑	不详	良口乡和里村三王宫内碑廊
91	欧阳甲捐钱碑	不详	良口乡和里村三王宫内碑廊
92	寨贡甲捐钱碑	不详	良口乡和里村三王宫内碑廊
93	南寨二甲捐钱碑	不详	良口乡和里村三王宫内碑廊
94	覃文裕等捐资芳名碑	不详	良口乡产口村旧寨屯
95	王福贵等捐资芳名碑	不详	良口乡和里村人和桥上
96	王德贵等捐资芳名碑	不详	良口乡和里村三王宫内碑廊
97	莫仁显等捐资芳名碑	不详	良口乡和里村三王宫内碑廊
98	武举熊世俊等捐资芳名碑	不详	良口乡和里村三王宫内碑廊
99	张文广等捐资芳名碑	不详	良口乡和里村三王宫内碑廊
100	梁大荣等捐资芳名碑	不详	良口乡和里村三王宫内碑廊
101	杨有能等捐修观音寺碑	不详	良口乡南寨村乐善寺内
102	南寨寨贡重修水井碑	不详	良口乡南寨村寨贡屯中和堂内
103	灵亭碑记	不详	良口乡南寨村寨贡屯文峰塔下
104	杨秀昌等捐资芳名碑	不详	良口乡南寨村寨贡屯文峰塔下

续表

序号	名称	年代	地址
105	奉县禁革碑	清雍正十一年（1733 年）	富禄苗族乡纯德村候车亭旁
106	疏通河道摩崖石刻	清乾隆三年（1738 年）	富禄苗族乡塘华河口岸边石壁上
107	贵州永从县界址碑	清嘉庆二十一年（1816 年）	富禄苗族乡匡里村
108	钱粮额定碑	清同治十年（1871 年）	富禄苗族乡匡里村匡里屯
109	核定青旗塘等钱粮碑	清同治十年（1871 年）	富禄苗族乡匡里村青旗屯
110	奉宪裁革碑	清光绪四年（1878 年）	富禄苗族乡匡里村青旗屯
111	重修天后宫碑	清光绪十二年（1886 年）	富禄苗族乡富禄村葛亮屯天后宫内
112	官清民乐碑	清光绪十五年（1889 年）	富禄苗族乡匡里村青旗屯
113	村寨条规禁约碑	清道光十七年（1837 年）	同乐苗族乡七团村四步屯井亭边
114	文昌帝君碑序	清咸丰二年（1852 年）	同乐苗族乡高武村高武屯文昌宫内
115	侯付鳌等众立禁约碑	清光绪七年（1881 年）	同乐苗族乡七团村四步屯井亭边
116	重修高武寨文昌宫碑	清光绪九年（1883 年）	同乐苗族乡高武村高武屯文昌宫内
117	杨富发等捐修飞山宫碑	清光绪三十三年（1907 年）	同乐苗族乡七团村飞山宫内
118	侯恩德等捐修高武村文昌宫碑	民国十六年（1927 年）	同乐苗族乡高武村高武屯文昌宫内
119	何明怀等捐资芳名碑	不详	同乐苗族乡高武村高武屯文昌宫内
120	廖福堂等众立禁约碑	不详	同乐苗族乡七团村四步屯井亭边
121	重修七团飞山宫神像序碑	不详	同乐苗族乡七团村飞山宫内
122	杨老五等捐资芳名碑	不详	同乐苗族乡七团村飞山宫内
123	王万顺等捐助公渡碑	清道光十二年（1832 年）	梅林乡新民村
124	永定钱粮章程碑	清同治十二年（1873 年）	梅林乡新民村
125	严禁下乡查塘需索碑	清光绪十五年（1889 年）	梅林乡车寨村
126	重修公渡碑	清光绪十六年（1890 年）	梅林乡新民村
127	吴万送等众立禁约碑	清光绪十六年（1892 年）	梅林乡新民村

后　记

曾经的我和一些同道者，长期行走在少数民族聚居区的各村寨从事摄影采风工作，主要关注各民族特色建筑、风土人情、历史遗迹等。在此过程中，我们发现在鼓楼、风雨桥、寺庙、祠堂等处，存留有众多形制各异的碑刻，它们大多镌刻精美、历史久远。但可惜的是所见的碑刻大都未得到有效保护，有的常年经受日晒雨淋，或文字漫漶，或断裂残损，有些甚至被当成洗衣板、铺路石等，令我们深感痛心！有感于抢救碑刻的紧迫性，2010 那年起，我们决心开展田野调查——寻访少数民族聚居区的碑刻，并逐一拓印下来，希冀为民族、为社会、为子孙后代留下这些珍贵的历史印记。

千里之行，始于足下，我们选择从最熟悉的三江侗族自治县开始拓印。囿于碑刻知识的缺乏，我们决定从头学起，认真研读《三江文物——三江侗族自治县第三次全国文物普查成果汇编》《侗族简史》《努志潭——三江村寨传说》《没有国王的王国——侗款研究》《大地之居：一个东方音乐民族的建筑艺术》《侗族——贵州黎平县九龙村调查》等侗学研究著作，深入了解侗族传统文化，从中寻找碑刻线索，向金石学前辈学习拓印技艺。经过多年的实践与磨砺，我们的拓印技术达到了又好又快的理想状态，得到社会上的不少认可。

2021 年，适逢三江侗族自治县博物馆建成，亟需一些代表性的文物资料充实馆藏，而 2022 年将迎来三江侗族自治县成立 70 周年庆典，我们也热切盼望能为三江民族文化保护传承尽绵薄之力，为三江 70 周年县庆敬献一份文化厚礼。经我们多次毛遂自荐，所谓“精诚所至，金石为开”，双方达成共识：由三江侗族自治县人民政府出资支持，我们组织团队负责 100 通以上碑刻的拓片交付，携手推进三江侗族地区碑刻的抢救和整理研究。

传拓碑刻是一种名副其实的修行，只有置身其中才真正体会何为荆棘载途。有时为寻一块碑，跋山涉水大半天，几番折腾才找到，待收拾好场地准备开工拓印，太阳已落西山。受气候、周边环境、湿度、光照、蚊虫叮咬等因素影响，有时一天也拓印不了一块碑。而人为的干扰，则最令人遗憾：某次我们寻访到有重要的四通碑刻可以拓印，一切安排就绪时，横遭一村民阻拦，多方解释未果，只能不得已放弃！当然情况大多数时候比较乐观，在我们执着的精神感召下，有的寨老不仅热情地主动找人打捞起沉入井底多年的古碑，而且积极号召邻村将已作他用的碑碣贡献出来，使其重见天日。人间自有真情在，宜将寸心报春晖。

2022 年，三江尤其不平常，上半年几乎天天阴雨，9 月又遭遇了新冠肺炎疫情袭扰。

正如宋代诗人杨万里《过松源晨炊漆公店》中写的“莫言下岭便无难，赚得行人错喜欢。政入万山围子里，一山放出一山拦”，前进路上一个接一个的困难，给碑刻拓印造成很大的阻碍，工作时断时续，好在我们矢志不渝，苍天不负有心人，终于取得了阶段性的成果。

我们一路走来，得到众多领导、专家、学者、师长、同道好友、亲人家属等的鼓励、支持和帮助。传拓碑刻只是保护传承的第一步，整理研究出版能更好发挥其文化价值，广西壮族自治区少数民族古籍保护研究中心得知我们所做的事，欣然将《侗族地区碑刻·三江卷》列入项目规划以及议事日程，让我们的工作更有保障，感到工作更有意义。三江侗族自治县人民政府拨了经费支持碑刻拓印工作，并协调有关部门支持配合，解决了项目开展的后顾之忧。柳州地区民族高级中学邓东锋校长、李健副书记、校友联络办主任黄国宝老师等学校领导和校友联络办秘书长吴剑锋，以及黄孝林、吴美莲、广西扬翔股份有限公司董事长莫金枝等热心校友，为项目开展提供了诸多方便。柳州市文联二级调研员蓝建军，柳州市博物馆杨伟芬、程州、于广生、董劲林等馆领导及各业务部门的陶泉杏、朱旭普、张静、刘曼琳、韦宏霖等同仁都为项目开展提供了很多支持与指导。广西师范大学历史文化与旅游学院范玉春教授在书稿成形以前开启了特殊的交流渠道，对提升书稿质量助益颇多。项目前期访碑、测量、拍照时，得到钟秋学、谢东晓等诸多好友的陪伴相助。在过去的一年中，在各村屯采集数据的日夜里也认识了许多当地的老乡，他们或披荆斩棘指引道路，或邀约我们到家里以当地特色美食招待，让我们在这段艰苦的旅途中深感温暖。广西教育出版社对本书给予了特殊关照，在时间万分紧迫的情况下，对我们始终不离不弃，一遍一遍耐心催稿、校稿、改稿，终使本书出版面世。

在此，谨对本书在拓碑、整理、出版过程中给予支持帮助的各级部门和单位及有关领导、专家学者、民间人士等，表示衷心的感谢！

由于水平有限，书中难免有讹误和不足之处，敬请方家批评指正。

梁　良

2022年9月30日